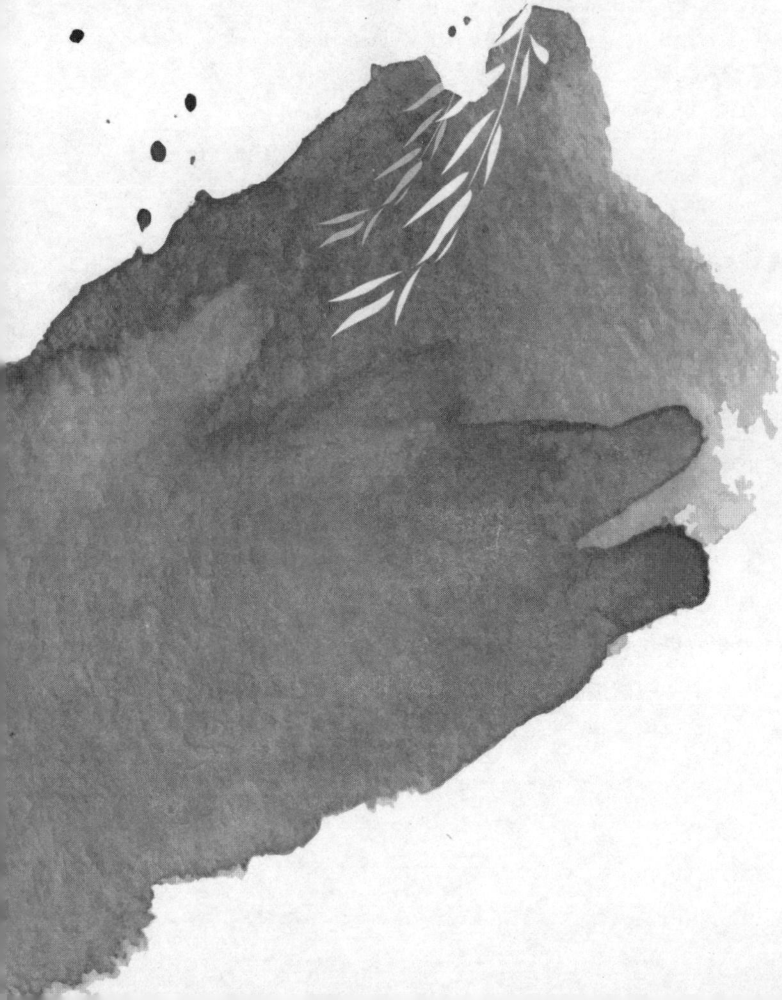

凡·高曾在写给兄弟提奥的信中说："如果有谁瞧不起平庸，那他一定不比平庸更高明。"所以我们欣赏并感谢慧娟姐在看似平庸的生活里找到并记录下如此多美好而深刻的点滴。

——青年艺术家 王嫣芸

身后塞外黄土漫天，心中清流桃花点点，溪风过，絮语绵，爱上一个女子的指尖，似水，华年……

——知名辩手、青年教师 陈 铭

在质朴环境里孕育的珍珠有最温润耀眼的光芒。

——《超级演说家》第三季冠军、宝岛辩神 林正疆

生在一个贫穷的土地，是命运对你的诅咒。求知，没什么了不起，只是对抗命运唯一的武器。

——《我是演说家》第一季亚军、青年律师 陈秋实

马慧娟大姐在我心里是一个奇迹，如果你跟我一样接触过许多在农村干活喂牛带孩子的妇女，你就能知道，我说出奇迹这个词时的敬佩之情。

——《超级演说家》第二季冠军、青年CEO 刘媛媛

溪风絮语

XIFENG XUYU

马慧娟 ◎ 著

黄河出版传媒集团
宁夏人民出版社

图书在版编目（CIP）数据

溪风絮语 / 马慧娟著. — 银川：宁夏人民出版社，2016.7（2023.8重印）
ISBN 978-7-227-06402-2

Ⅰ. ①溪… Ⅱ. ①马… Ⅲ. ①散文集—中国—当代 Ⅳ. ①I267

中国版本图书馆CIP数据核字（2016）第182013号

溪风絮语　　马慧娟 著

项目统筹　何志明
责任编辑　管世献
封面设计　陈冰融
责任印制　侯　俊

黄河出版传媒集团
宁夏人民出版社　出版发行

出 版 人　薛文斌
地　　址　宁夏银川市北京东路139号出版大厦（750001）
网　　址　http://www.yrpubm.com
网上书店　http://www.hh-book.com
电子信箱　nxrmcbs@126.com
邮购电话　0951-5052104　5052106
经　　销　全国新华书店
印刷装订　三河市嵩川印刷有限公司
印刷委托书号　（宁）0027095

开本　640 mm × 960 mm　1/16
印张　18
字数　170千字
版次　2016年7月第1版
印次　2023年8月第3次印刷
书号　ISBN 978-7-227-06402-2
定价　53.00元

泥土里开出的鲜花

马慧娟是以“拇指作家”而出名的。新华网关于她的一则报道，影响很大，说她“六年来在田间炕头坚持用手机写了四十多万字的随笔和散文，光手机就摁坏了七部，记录了像她一样的西北回族女人的酸甜苦辣”。随后，一些网络媒体也跟进报道，马慧娟一时成了当地有名的草根作家。新闻报道总会找一些宣传点或者噱头，对马慧娟的宣传，集中在初中文化、种地打工、回族妇女、拇指写作几个方面。这样的宣传，对一个基层写作者来说，可能是一种鼓励，但对她的文学创作来说，并不一定是好事。我一直觉得，用脑瘫、残疾、农民、打工去定义一个作家，表面上看似“认可”，实际上是一种歧视，甚至是亵渎。不管是什么身份、什么地位，作家就是作家，作家要用作品说话。

马慧娟的作品在媒体宣传之前，我就注意到了。她在《朔方》《黄河文学》等刊物上发表的散文作品，我读到过一些。有一篇散文《行走在春天的风里》，写她从宁夏南部山区搬迁到红寺堡移民区的生活。红寺堡本来是一片荒滩，经过多年的改造，还是风沙肆虐。“狗蜷缩在窝里用两只前爪托着脑袋，眯着眼睛看这飞沙走石的情景，任风沙肆意挤进它的窝，再散落在它的皮毛上，它都不肯改变姿势。频繁的风足以让任何东西都麻木和漠视它……”“一大群羊像雪球一样在旷野里慢慢前进。不明白羊群在一片荒芜的沙土地上吃着什么，它们一个个那样肥壮，难道是在吃土吗？”“眼前突然一团粉红，居然是一株盛开的桃花。不到一米的枝干上挤满了花骨朵，粉红中透着洁白，争相在这恶风中娇艳盛开，似乎狠狠地嘲笑着风的肆虐。”生存总是艰难的、无奈的，但在艰难和无奈中，万物生长！从这样的文字里，我们能感受到生命的力量、文学的力量。另一篇散文《被风吹过的夏天》，写她的打工生活。她和一群女人一道，剪一天树苗，挣七十块钱。女人们的面庞被晒成棕红色，嘴上也裂开血口子，但看到剪下的花朵，她们“就拿这些艳美的花儿尽情地装扮。你别三串，她别五串，鬓角、头顶、脑后，恨不得编一个花环戴上……别着花的村妇比花更美，那笑容、那笑声，足以打动任何刻薄的心”，连工头都“没有出声责备，也笑着看这群女人胡闹。我从心里感谢大个子这一刻的宽容，原来爱美的心愿是共通的”。

马慧娟在生活中感受到生命的坚韧，发现了美的挣扎，并用文学的方式呈现出来，这就是文学作品。遮住作者的名字，不管她的身份，读者仍喜欢她的作品，这就是一个作家。实际上她的作品中，生活的质感、泥土的味道、情感的肌理，又有着明显的辨识度。那些生活，那些文字，是住在城市、坐在书斋里的作家无法写出来的。而对生活的准确把握，对文字的敏锐感觉，又使她从相似处境的文学爱好者中脱颖而出，具备了成为一个好作家的潜质。我辗转联系到她，想送她到鲁迅文学院去培训。她回话说，很希望去鲁院，但现在忙着种地打工，等有空闲的时候她才能去。我有些同情她的境遇，但尊重她的选择。

对一个作家来说，尊重远比同情更重要，特别是对一个所谓基层作家、草根作家。而最好的尊重，就是阅读她的作品，与她平等地交流。正好马慧娟要出一个散文集，她发信息给我，要我给写个序。我欣然应允，因为这就是一个阅读和交流的机会。

《溪风絮语》这部散文集收录了约十四万字的作品，我断断续续读了二十多天。通过阅读这些作品，我对马慧娟的创作有了比较全面的了解。我感觉马慧娟的散文作品，有以下几个特点。

一是生活的质感。马慧娟的散文就是记录她的生活。如，《野地》就记录她和几个农民受雇于公路局，为高速公路打点撒线的事。三九天，在野外工作，一天翻山越岭负重行走八个多小时，工头每天还要故意拖延下班时间。他们为了争取按时下班的权利，被工头解雇了。生活是艰辛的，也是无奈的。也许马慧娟就是想记录这些艰辛和无奈，但不全是。文学的根要深深扎在泥土里，扎在生活中，但仅仅把生活记录和描摹下来，还不是文学，文学还需要在泥土里开出鲜花来。可贵的是，马慧娟的眼睛里有鲜花，劳作的间隙，她看到了山羊，看到了鹰，看到了河流，看到了野马，几匹野马“阔步走着，气定神闲，它们不戴缰绳，不配鞍，随着性情，就这样阔步于山上”；她的心中也有鲜花，她感受到穿着臃肿的自己“是值得别人羡慕的人”，感受到“暮色中的这片土地美丽安详”。自信和自嘲，自尊和自爱，无聊中的趣味，无奈中的忍耐，还有对自由、对美好生活的向往，这些都是马慧娟心中的鲜花，也是她作品中的鲜花。

二是流动的画面感。因为没有大把的时间来写作，也由于是用手机来写的，马慧娟的许多散文随笔都是片段式的，比如《农闲笔记》《旅途散记》等，用三四百字一个片段，每一个片段写一事、一物，或者是一个场景、一个画面，组合起来，有一种流动的画面感。马慧娟非常善于捕捉和描写画面，那些画面有些像油画一样厚重，有些像国画一样飘逸，还有些像电影镜头一样灿烂。

三是小说的塑造感。马慧娟的很多散文都可以当小说来读。她的散文不光具有故事性，还有大量的细节描写，她也始终在关注人、刻画人、塑造人。《被风吹过的夏天》中的工头大个子，《野地》中撒不出直线的高玉宝，实习生小郭，等等，这些人物着墨不多，却都栩栩如生。三言两语，一个人物就跃然纸上，这是小说家应有的功力。马慧娟有这样的能力，她要是写小说的话，应该不会差的，甚至会比她的散文更好。据我了解，除了散文随笔，马慧娟也在尝试着写小说。她有个长篇小说《罗山脚下的女人》，写西北回族农村女人们的故事，已经写了一部分。今年申报中国作协重点作品扶持，没有立项，有点遗憾。但我相信，她一定能写好的。

四是卑微中的尊严感。文学需要叙述、描写，需要细节，需要人物，这些还不够，文学还需要一些灿烂的飞翔的东西。叙述描写出来的是文字，而文字背后那些飞翔的东西，才让文字成为文学。马慧娟的文字平易、朴实，文字的背后有一种忍耐和顺从、通透和豁达。

马慧娟用自己的文字，给予身处底层的人物以尊严，也通过写作，为自己赢得了尊严，赢得了关注。最近一个阶段，又有多家媒体在报道她，社会各界也在资助她。我希望她的生活境遇能因此改变，同时也希望她能保持本心，有尊严地生活，有尊严地写作。如果有机会的话，我会当面告诉她。

到目前为止，我还没有见过马慧娟。但读了她几十万字的作品，我对她有了一定的了解。她是个农民，也是个作家，在农田和稿纸上同时耕耘，汗滴滋润着禾苗，也滋润着文学。像她这样一边为生计而奔波，一边为心灵而书写的，值得人尊敬。能给她的散文集作序，也是我的荣幸。

李进祥

2016年6月21日

溪风出岫，梦想花开

微信上飘来一条消息，溪风的：“姐姐，我要出书了。请你写个序吧！”惊讶之余，惊喜不迭。

想起三年前，初识溪风，她还像一个刚刚睁开眼睛看世界的孩子，纯净的眼神里充满了迷茫。生活的压力，情感的倦怠，志趣不得伸展的愁烦，让她的文字总是透出一股淡淡的忧伤。一次深夜长谈，相见恨晚的感叹中，我开玩笑说：“哪天你把这些文字结集出版吧，我给你起个书名，叫《溪风絮语》。”“行！那天我请姐姐写序！”两个喜爱文字惺惺相惜的女人，在一南一北两个遥远的空间里，自慰调侃。当时谁也没有把这个梦太去究真。

时间的车轮安静而规律地碾压着我们的生活。多数的人，包括我自己，都只是被动地裹挟前行。但在北中国那片风沙肆虐、生存条件极为残酷的高原上，溪风，这个只读完初中便辍学回家，嫁人生子

的回族女子，一边抚育儿女，侍弄繁重的农活，一边如饥似渴地阅读大量到手的书籍。她利用做工休息的间隙和早起晚睡的时间，在QQ空间写下了大量乡土美文，让我们在领略西北大地风情的同时，也感受到了这个小女人的大才情。那片对故土深沉的热爱，对人性美丑切肤的体会，都变成了文字，从她的手机里一字一字涓涓流淌。她像高原上的向日葵，携着梦想，大剌喇开放，以日新月异的态势生长，让网络里的朋友们惊喜。

她写和她同工的姐妹，望断归乡路的老奶奶，写他们艰苦的打工时光，和那方土地上苦苦挣扎的百态人生……这时，她像智者，微笑着，不卑不亢，充满悲悯。她也写她平凡温馨的生活，她的孩子，她的牛羊，她的庄稼……这时的溪风，又变成了一个温婉的小女人。她的文字，俏皮，幽默，情怀与理性兼容。

在那块贫瘠的土地上，有她的爱和梦。她奋斗，她也曾悲伤。但是，她从来没有忘记自己与生俱来的对于文字的渴望和梦想。她一直在脚踏实地地仰望着天空。苦心人，天不负！不久我便陆续收到她寄来的发表有她作品的刊物：《黄河文学》《朔方》《老龙潭》……在梦想的路上，她执着种下的种子，不经意间，已花开满径。

不久前她又受邀参加北京卫视《我是演说家》的节目录制。实在想象不出，从未走出过红寺堡，满身乡土的溪风，站在璀璨夺目的舞台中央，又是怎样的自信飒爽。

我曾惊叹造物的不公和神奇，怎么可以在一个人身上如此完美地呈现?

我也常常想，一个女人该有着怎样的一生才不会遗憾?

在这里，溪风给了我们答案。

当那些箪食瓢浆、相夫教子的生活逐渐磨蚀我们灵性的时候，女人啊，千万不要随波逐流。也许生活现在还看不见那些优雅的光芒，但是我们的内心里一定要有优雅的向往。当生活日渐沉重，请在心中留一席之地给那些不死不灭的梦想。

祝福溪风，绵绵此生，愿她的文字和她的心灵不断成长！愿阳光照耀有梦的女人!

夜深，搁笔。意犹未尽!

推开窗户，清凉的风扑面而来，月华如练。我仿佛听见梦想开花的声音!

明月松间照

2016年6月22日深夜于长沙

西北村妇的小梦想

我叫马慧娟，是一个地道的农民，和村里其他400多个回族女人一样，农忙时，我们面朝黄土背朝天，农闲时我们三五成群结伴在村子附近打零工。我们都有各自的名字，却总是被称呼为“某某的老婆”或“谁谁谁的妈”。

除过和我一起干活的搭档，我还有另外一个好搭档，那就是我的手机。上台之前，导演让我自称手机作家，我不认为自己是什么作家，我只是喜欢在劳作之余写东西。这几年写出了几十万字，写坏了七部手机，也让我的搭档们用异样的眼光看我。

大家可以想一下，和她们一起干活的时候，只要一闲，我就在捣鼓手机，闲言碎语肯定少不了。

我有第一部手机的时候是2008年，那是我用打工积攒的钱买的。后来，不知道从什么时候开始，手机在我的手里从通信工具变成了写作工具。别人凑热闹的时候，我在摁手机；别人看电视的时候，我在摁手机；别人夜里都休息了，我还在摁手机。不知不觉用坏了七部手机，我爱人很不高兴，说多好的手机到你手里都得坏，还时不时给我甩脸子。我老妈更是训我“你一个农村女人，一天到晚摁手机，写那些东西干吗，难道还能改变你农民的身份？”

马慧娟在北京卫视《我是演说家》演讲视频

在我们那里，农村女人的生活状态就是一直在忙碌，要种地，要喂牛羊，要伺候老人，更要看顾一家人的吃喝拉撒。每天重复着这些活计，我看不到我们的未来。作家们笔下田园生活的诗情画意在我眼里只是无尽的重复和劳累，看着搭档们一天天苍老的面孔，疲惫的神情，我从心里觉得疼痛。就想，如果我能书写下关于我们生活中的喜怒哀乐，等我们老了，我再读给她们听，是不是也是一件有意义的事情？

我从小就爱读书，梦想着把自己喜欢的事物都用笔记下来。但是在当时的西北农村，大部分女孩早早就会失去读书学习的机会，根本没有梦想可言。初中毕业，我也辍学在家。我渴望继续上学，但我也深深地理解父母的艰难。那段时间，我时常对着我的书本默默地哭，父母亲看见我这样也不停地唉声叹气，但是我不能再去读书的事实已经无法改变。转眼到了二十岁。在农村，二十岁的女孩再不嫁人，就会被说闲话，所以，我感觉一切的梦想，在我婚礼的那天破灭了。

紧接着，两个孩子出生，为了养活一家人，丈夫外出打工。我一个人带着孩子，种着八亩地，动不动连饭都吃不到嘴里。常常是孩子哭一场，我跟着哭一场。那时日子过得没有一点指望，长年土地上的劳作让我觉得我生活的地方，天与地都是一个颜色。

有了手机之后，我突然看到生活有了新的色彩。当我发现QQ空间里可以写字发表的时候，我的惊喜，不亚于打工多挣了钱。

那时候，我一边在家种地打零工，一边在网络空间里耕耘，我渴望地里能有好收成，没想到网络空间给了我更大的惊喜。我的文字被越来越多的网友喜欢，他们一起分享我的文字，也分享我的生活。

有一天，一位网友姐姐问我，为什么每次只写一百多个字，还没看呢就没了。

我说自己没流量，不敢写。

姐姐很惊讶，竟然会有人因为流量的原因，而控制自己的写作字数。

萍水相逢的姐姐要走了我的电话号码，她说流量她给我，让我想写什么就写，不要因为流量而委屈自己，那一刻，我泪流满面。

没有了后顾之忧，那一年，我在劳作之余用手机在空间写了十几万字。与此同时，我的另外一个网友帮我投稿。2014年底，我的四篇小文章第一次变成铅字，发表在了《黄河文学》上，编辑部寄来了930块钱稿费。当我把这个消息在空间发出来时，我的网友们沸腾了，纷纷为我喝彩！我第一次如此强烈地感受到了自己价值，感受到了写作的力量。

去年，我又萌生了新的梦想，我想凭借自己的努力，去看一看江南的春天，因为我从网上知道，江南的春天不同于西北，有着用文字难以言说的美妙，我想去看看鼓励帮助过我的网友们，因为没有他们，就没有我的文字。

这是我的故事。虽然此刻，我继续在种地打工，但我还会接着写，写我和我的搭档们生活中的喜怒哀乐，写过去，写现在，写未来。

马慧娟

（马慧娟在2016年7月15日北京卫视《我是演说家》的演讲词，略有改动。）

目　录

—

溪风絮语

— 02

行走在春天的风里

江南的朋友在空间发了一句：一墨烟雨，一纸江南。我猜江南的春天必是满眼的柳绿花红、草长莺飞；远山近树掩映在细雨迷蒙里，似一副苦心临摹的山水画。若撑一把雨伞漫步其中，人的心该是怎样的清新和陶醉？

我一直觉得红寺堡是一个看不到春天的地方。风是这里的常客，尤其是春天的风，会带来持续不断的沙尘暴。风用最暴虐的姿势拥着尘土跳着疯狂的舞蹈，此时天地间灰蒙蒙的什么也看不清楚。这样的天气，人们大都窝在家里，听风刮过房屋时发出凄厉的声音，悠长而骇人，大有把房子掀翻的架势。

只有孩子是无所畏惧的，这样的天气他们也嬉戏在村道的水泥路上，聚精会神地赢卡片。他们的脸上落着厚厚的一层土，只能看清两只眼睛在眨，鼻涕被土粘成一片也顾不得擤，不一会儿就被风干成痂堆在鼻孔前。可这并不影响他们的心情，依旧大呼小叫，玩得不亦乐乎。一只啄木鸟孤单地站在房屋的烟囱上四处张望，不知是在思考何去何从，还是抱怨风太大？

门前的柳树已经有了鹅黄色的嫩芽，柳枝随风胡乱扭着身体，似乎想让绿叶快点长出来，好挡住这恼人的风。几棵杨树还是那么挺拔，努力不让树枝随风起舞，大有波澜不惊的高傲。只有经历了无数遍风的肆虐才能锻炼出杨树这样的气节。狗蜷缩在窝里用两只前爪托着脑袋，眯着眼睛看这飞沙走石的情景，任风沙肆意挤进它的窝，再散落在它的皮毛上，它都不肯改变姿势。频繁的风足以让任何东西都麻木和漠视它……

旷野里能被风吹动的东西都在滚动，被风带离原来的地方，随风流浪，风停时它们便漫无目的地停下，下一次又随风而起，反反复复，一年四季都在游离，居无定所。一大群羊像雪球一样在旷野里慢慢前进。不明白羊群在一片荒芜的沙土地上吃着什么，它们一个个那样肥壮，难道是在吃土吗？牧羊人是羊群的王者，戴着暖帽，穿着棉大衣，两只手蜷缩在袖筒里不肯放出来，腋下紧紧夹着牧羊的长鞭。他不出声也不吆喝，只是随着滚动的羊群默默行走，在这风沙中如雕塑般深沉寂寞。他一年四季都是随着羊群行走的，直到老去，直到不能行走……突然想起一句话：这世界上最孤独的是牧羊人！

很少在春天出门的我，那天因为有事顶着风去街上，不巧的是，事情办得不顺利，需要等几个小时。风沙让我无处可去，沮丧的我只能信步游走在风中，转过一条街到另一条街时，眼前突然一团粉红，居然是一株盛开的桃花。不到一米的枝干上挤满了花骨朵，粉红中透着洁白，争相在这恶风中娇艳盛开，似乎狠狠地嘲笑着风的肆虐。我的心一下子在风中艳丽起来，眼睛有点湿，思绪一下子回到了老家的阳山洼。

老家是个山清水秀的地方。阳山洼是老家一座不高的山，从东向西绵延了四五里地。想起那漫山生长着的野桃树，我们叫它毛桃树。山野的桃树生长是自由和散漫的，种子落在沃土就生根于沃土，落在石间便长在石间，想在哪儿盛开就在哪儿盛开，不用施肥不用刻意管理。一到三月就是桃花的盛会，那漫山盛开的桃花可以持续半个月，把阳山洼装扮得像个穿着粉色衣服待嫁的新娘，让看见的人心里一直有一种明艳和喜悦。

那时年幼不知惜花爱花，赶一群山羊游荡在阳山洼的桃树下。任羊吃着桃树的嫩枝，自己折来最娇艳的花枝编一个花环戴在头上，左顾右盼恨不得有面镜子可以看看戴着花环的自己有多俏丽。偶尔在花枝间发现一个鸟窝，看见里面躺着几枚不知名的鸟蛋，总是淘气地拿起来放在耳边摇晃着听一下，然后又有爱心地重新放回去。殊不知动过的鸟蛋鸟儿是不会再孵的，白白残害了许多生命自己却浑然不知。下午回家时会折一把最艳丽的桃花，带回去插在水瓶中。一两天后它们枯萎了，就随手一扔又折回一把插上。就这样一年又一年，那半月里尽情地折着桃花，想把那一片粉红留在身边，可最后只留下一把又一把的枯枝。阳山洼的桃花依旧年年在盛开，年年明艳于三月的春风里。“年年折花花不尽，今年已无折花人。昨夜东风寄梦里，桃花依旧笑春风。”

儿时的荒唐胡闹还历历在目，风旋起一只塑料袋从我眼前飘过，肆意戏弄着，打断了我的思绪。我不再盯着那树桃花发呆，继续向前。一排整齐的垂柳扭着腰肢随风摇曳，翩翩起舞，嫩芽呼之欲出，似在谱一曲欢快的乐章，表达着春天的问候。这些垂柳是红寺堡刚开发时栽种的，它们见证了这个城市的成长和发展。街上的行人很少，偶尔三两个人经过，身上还穿着厚重的棉衣，行色匆匆忙忙，来不及细看这桃花和垂柳，也来不及感受春天借花和柳枝表达出来的讯息，只想用快快的步伐早点回家，好甩开这恼人的风。

下午坐公交车回家，听到的还是关于风的谈论，有咒骂的，有抱怨的，有无奈的，有揶揄的。我静静地听着，风再狂恶，再肆虐，它能挡住桃花盛开、绿树散叶，能阻止季节的变化吗？我相信再过十年、二十年，它终究会磨平棱角，理顺性情，还红寺堡一个明媚的春天。那时的人们，定会停下脚步，看桃花，赏绿柳，尽情地享受春天……

（原载于《朔方》2015 年第 10 期）

被风吹过的夏天

我和一群搭档午休时，斜靠在避风的田埂上。看着风从脚边刮过，吹着轻佻的口哨，卷起浮躁的尘土，横冲直撞地在这片广袤无垠的土地上撒欢。那些破败的枯草，废弃的塑料袋，也跟着摇旗呐喊，更让这风肆无忌惮，坚定着它做旷野之王的雄心。

我用带着的多余的一件棉衣把头裹起来靠着田埂半躺，避免让沙尘落在嘴里。旁边的搭档们一边咀嚼干冷的馒头，一边大声诅咒着风。我没附和，却突然想起一句歌词：“风起的日子，笑看落花/雪舞的时节，举杯向月……”同样是和风有关的日子，这差距怎么就那么大呢?

已经步入五月份，应该算夏天了吧，可是属于夏天的风景在这里却看不到。远处的那片柳树苗极力在风中挣扎，挣出了几片鹅黄色的幼叶。挺拔的河北杨幼苗用尽全身的力气，也不过是在身上顶起一个个生命的萌芽，离舒展叶子还有一段时间。至于洋槐，还披着一身尖牙利爪的刺，准备着与风做最后的对抗后，再换上绿色的新衣裳。这片占地三百亩的苗木基地，就是我和搭档们打工的地方。

一个小时后，一群女人起身，把干粮袋子集中放好，用多余的衣服捂起来，还要捂严实，不然说不好就会从哪里冒出一串组队的流浪狗，等人发现，馒头早就进了狗肚子不说，连干粮袋子都会撕扯得没法再用了。收拾好干粮袋子，大家说着笑着拍打了身上的尘土，戴好口罩，重新紧了紧头上包着的围巾，裹得只剩两只眼睛在眨巴。睫毛上落着细密的沙尘，随着眼睛的眨巴落在鼻梁上，淡淡的覆盖着裸露的皮肤，被风刮走一层，又继续落一层。现在才知道，人的睫毛是用来挡沙尘的，不然眼窝早被沙尘填平了。

活动了一下手脚，我们这群女人开始了紧张的劳动。今天的工作是剪树，剪掉第一年插秧长起来的幼苗，好让树苗重新扎根换秧。三四十个女人排成一排，一起向前推进，只听见“咔嚓咔嚓”的剪树声。拇指粗的树苗挨地留足五公分后被斜叉剪断，带着不甘和委屈散落在地里。它们一季的生命就这样结束了，世间万物的生长轮回都一样，“旧的不去，新的不来”。

带工的那个大个子男人蹲在田埂上，一边絮絮叨叨地喊着还没干活的女人赶紧干活，一边拽起衣领遮挡着自己的半边脸。想起初见他时，西装革履，发型纹丝不乱，鼻梁上还架着一副墨镜，最让人印象深刻的是他的脸，皮肤白净得让我们这些女人都没法比。惹得女人们对他的“小白脸”羡慕嫉妒恨的同时，又难以置信了好久：一个男人的脸，怎么就保养得那么白？

再看看现在的他，西服上落了一层土，头发像鸡窝一样蓬乱，脸被风刮得粗糙泛红，嘴皮上裂着血口子，墨镜不知道扔哪里去了。他的这副尊容总算让女人们找回点自信，也足以证明这里的风沙是何等暴虐，愣让一个“小白脸”几天时间变成了粗麻大汉。他的絮叨一直不被搭档们欢迎，轻者白眼瞪他，重者直接恶语相向。他倒也不计较被人骂“干板儿嘴”（形容话多，只说不干的人），没一会儿，他又在那儿絮絮叨叨地重复他的催促。

风中的三四十个女人，像散落在旷野的羊群，来回走动。大个子的絮叨经过风的过滤，传到每个人的耳朵里已经没有了分量，可他仍旧在絮叨着，以此证明他的恪职。老板开着福田小卡来了，大个子咧着嘴起身相迎，一笑刚结痂的嘴皮又开始渗血，疼得他直皱眉，一脸苦相地吸溜着。看见的几个女人幸灾乐祸地偷笑：谁让你一天到晚不停地絮叨，这下看你还说不说？

老板站在地头看女人们干活的情况，顺手递给大个子一根烟，大个子接过去并没有点起来，而是别在耳朵后面。两个人不知道说着什么，只看见老板一边说一边打着手势，可能是给大个子安排明天的活怎么干吧。又看了一会儿，他简单数过人数，把今天的工钱交给大个子，就开车离开了。

熬到下午六点，一天的打工生活就算结束了。大个子依旧站在田埂上居高临下，手里攥着一沓钞票，趾高气扬地挥舞着胳膊训了一通话，大致意思是让女人们明天好好干活，不许偷懒。他的这些废话惹来几个女人的不满和愤懑，催促他赶紧给钱，若不是看在钱的份上，这些女人肯定又是一通恶骂，估计大个子的嘴皮又该多裂开几道血口子了。训完话他让女人们排起长长的队伍，挨个派发一天的工钱。

手里攥着拿到的七十块钱，一群女人四散开来。有骑摩托车的，有骑电动车的，有骑自行车的，还有走路的。路上忙作一团，发车声、喇叭声、女人的大呼小叫声，这个在找干粮袋子，那个在寻相熟的搭档……几分钟后路上才归于平静。

我是最后一个离开的，骑着我的150大摩托车，捎带着我娘家大嫂，在大个子惊讶的眼神中呼啸而去。所谓“呼啸”，是这个摩托买来好几年了，骑起来那声音离得老远就让人知道是我来了。

骑车走在回家的路上，风已经慢了下来，一群野鸽子出来觅食，飞过头顶居然遮住半边天空，有多少数量才能形成这样的规模？也许这种壮观只有西北辽阔的天空才能容纳。路两边田里的玉米长出了四片叶子，被风吹得灰头土脸，一副营养不良的样子，好像在婆家受了委屈的小媳妇般楚楚可怜。林带里的苜蓿一墩一墩地开枝散叶，这是这个地方夏天到来的见证。

几分钟的路程转眼就到了，送大嫂到家门口，照例进去看望母亲。进去不由自主地看向面南的那个单人沙发，父亲生前一直坐在那里。只要一进门他就招呼我坐，问吃问喝。可现在这个沙发还在，父亲却永远没了。母亲看见我进来，满脸含笑，问我今天干活累不累。陪母亲说了会儿话我才回自己家里。

摘掉头巾口罩，抖落上面的灰尘，换掉干活的衣服，洗漱了一下，总算把外面那个沙尘的世界隔离开来。看见几只麻雀欢腾地在杨树上跳跃，连它们也庆祝着风停了下来吗？那么明天呢，会不会如今天一样？

风总算停了，早晨六点半，我装好馒头和开水，依旧骑着我那拉风的摩托车去喊大嫂。村道上三个一群、两个一组地走着去上学的孩子，他们一边走一边嬉戏玩闹着。我使劲摁着喇叭，他们像受惊的小羊一样躲向路边，转过头看着我。有熟识的邻家孩子，露出洁白的牙齿对我笑着扮鬼脸，女儿也在他们其中，跳着和我挥手：妈妈再见！长不大的孩子是快乐的，多么希望他们的快乐永远持续下去……

到母亲家门口，大嫂已经等着。母亲出来嘱咐：人多，慢点。我笑着点头，捏离合，挂挡加油，起步开始走。路上一起干活的搭档各讨方便，都在朝地里集中。我骑得不快，拐出村子看见了让人惊诧的一幕：十几只流浪狗在一起，场面非常的壮观。领头的是一只壮硕的土狗，然后是大小不等的一群狗跟在它身后。看来无论是人还是动物，都会寻找一个可以信赖的后盾让自己获得安全感。大嫂惊呼，这幸亏骑着车，若是一个人行走在路上，还不让这帮狗把人吃了。我说，是啊。近年来，附近屡屡发生流浪狗偷袭羊群的事件，更疯传一个乞丐老太太也被狗吃了。这些传闻给大家造成很大的思想恐慌，所以看见这样一群狗，难免让人心惊。不过听见摩托车刺耳的吼声，狗也远远躲开了。

新的一天，一群女人又聚在这里，开始漫长的做工生活。没有风的日子，这里的天空纯净高远，不时有野鸽子、花喜鹊飞过头顶；更高更远的天空盘旋着孤鹰，看着它迎风翱翔、俯瞰万物的英姿，人的心情也会变得开朗和豪气。大个子的嘴皮今天裂得更厉害了，他也难得地停止了絮叨，只剩下一群女人一边干活，一边如麻雀般“叽叽喳喳”说着家长里短，开着暧昧的玩笑。这样的一天，虽然辛苦依旧，可快乐和愉悦的气氛让人舒心。时间也就过得飞快。

日子若一直这样风轻云淡地过下去，虽然辛苦，但未尝不是一种美丽。然而就在那一天之后，我开始被搭档们孤立起来了。那天大个子不在，老板看着我们干活，到中午活差不多干完了，老板说谁回家去拿几把锄头过来，不然下午就没活干了。连问几遍，一群女人没有人应声。老板有些尴尬地站在田埂上，气氛一时显得凝重起来。我给老板说要不我去吧？老板高兴得同意了，我骑车回去借了几把锄头拿来。老板安排几个女人去锄地，这时候的地里长着一种极其难挖的野草，锄起来相当费劲，几个女人极不情愿地走了，看我的眼神中闪烁着恼怒。我一瞬间明白过来，为什么没有人应声，为什么没人肯去了。

之后，因为我那天的帮忙，老板刻意嘱咐大个子轻点的活让我带一个搭档去干，这下彻底犯了众怒。一群女人见了我，就像旧社会劳苦大众见了剥削她们的万恶的地主老财一样，“仇恨”而怨愤的神情溢于言表。我一时间更加沉默，常常在休息时看着远处的罗山发呆。山上的沟壑还是一片土黄，寂寞孤独，如一个饱经沧桑的老人的脸上被岁月折磨积淀下来的皱纹。我感叹着人情冷暖的艰辛，心里默默期盼属于夏天的绿快点到来。

每天都是这样骑着车来来回回，每天重复着几乎相同的工作，每天都听着大个子的絮叨，每天的搭档都在不停地更换……日子就这样一天天过去。一些不快的情绪也在一天天消散，女人们最终忘记了我的“十恶不赦”，重新和我打成一片。人一忙碌，就会忽略身边的风景。突然有一天，一个搭档感叹：哎呀，这里总算看见绿了！我一抬头，可不是吗？柳树苗已经绿得密不透风，杨树苗的叶子欢快地随风起舞，就连刺槐都披上了绿衣裳。更让人欣喜的是，那片和刺槐差不多的树苗居然挂上了几串紫红色的花，花朵娇嫩明艳，香气甜美。记得有一次大个子说这树苗叫香花槐，相当贵。当时有搭档还揶揄，不就是个槐树吗，我倒要看看开出的花能香到哪儿去。今天一见，才真的知道这树苗和刺槐不是一个档次。

我们今天要干的活就是修剪掉这些花枝，不然会影响树苗向上生长。这实在是件残忍的事情，不过老板这样要求，我们也不好说什么，毕竟人家是专家。可是爱花是女人的天性，这些女人把花枝剪下来并没有扔掉，而是戏耍着别在头巾上，为了不让花枝掉落，不惜在头巾上弄个小洞穿过去。一时其他的女人们也纷纷效仿，只见人人头上都别着花枝。这些可爱的女人们啊，平时没有多余的饰品打扮自己，现在就拿这些艳美的花儿尽情地装扮。你别三串，她别五串，鬓角、头顶、脑后，恨不得编一个花环戴上。别好还不忘摆个造型问搭档好不好看，一时开心得甚至忘了手里的活计。风中别着花的村妇比花更美，那笑容、那笑声，足以打动任何刻薄的心。大个子难得地没有出声责备，也笑着看这群女人胡闹。我从心里感谢大个子这一刻的宽容，原来爱美的心愿是共通的。

这里的夏天伴着风真正地到来了，远处的罗山绿了起来，远远看着郁郁葱葱。路边的苜蓿开始疯长，紫色的小花惹得蜜蜂蝴蝶在苜蓿丛中穿梭忙碌。玉米一改小媳妇的委屈模样，俨然开始当家做主，挺直了腰杆稳重地站在风中。流浪狗到处都是，依旧是拉帮结派、三五成群地游荡在荒野。女人们还是重复每天的做工生活。天气开始酷热起来，大家都穿起了单薄的夏衣，但这仍旧不能让自己变得凉爽。每天早晚带一大杯水还是觉得口渴，因为水刚喝下去立马就变成了汗。大家都在念叨，西瓜什么时候能便宜点啊，等西瓜便宜了，每家都去买几百斤放着慢慢吃。揣着这样美好的想法，大家都忍耐着高温带来的烦忧。

杨树苗已经可以遮起一片阴凉，但根部需要培些土了，这里风大，不培土树苗会被风刮倒。这种天气待在树荫下给树培土是一种享受，可要是下雨刮风就是一种折磨。这里常年干旱，偶尔下点雨还是毛毛雨。早晨来的时候好好的，中午便下起了雨，回家吧，雨好像不下了，不回吧，雨好像又大了。细雨中一群女人在回与不回之间纠结。这雨真是个顽皮的孩子，等大家下定决心要回的时候它又突然不下了，那就只能干活。雨不下了，风又刮起来了，树叶上的露水无情地滴落在女人们的头巾上、衣服上、手上，瞬间全身就冰冷了起来，惹来女人们一通抱怨和咒骂。为了今天能挣够七十，大家都没有回的意思，在冷风中坚持着等下午六点到来。我在心里哀叹：这钱啊，真是把杀人不见血的刀！

那几天的天气阴冷逼人，好多搭档都穿起了棉衣。实在难以想象，前几天还是单裤衬衫，突然就变回棉衣秋裤，这个地方的天气就是如此反复无常，说热就是摄氏三十几度，说冷也就骤然降温。所以好多人的车上都带着一件多余的棉衣，天热了捂车胎，天冷了穿。

但晴天总是居多，女人们的面庞隔着薄口罩被晒成棕红色，始终没有保养得和大个子的脸一样白，这是女人们的一件憾事。长年风里来雨里去地奔波，早餐午餐就是干馒头、凉开水，只有下午回家才能吃一顿饭，还得自己动手做，还要伺候牛羊、男人和孩子。长期的辛苦劳累让女人们一个个看起来憔悴失神，有着与实际年龄不符的沧桑感。这样的女人，脸能白得起来吗？可是没有人抱怨生活，每天都在这样简单重复昨天的生活，每天揣着一个低微的梦想去劳作，每天聚在一起都快快乐乐地大笑，每天都盼着明天会更好。

在日复一日的重复中，这个夏天就这样过去了。伴着风，伴着雨，伴着辛苦，伴着大笑，伴着蓝天白云，伴着喜怒哀乐，走向属于它的季节轮回，一去不回头。

（原载于《黄河文学》2015 年第 5 期）

乡　愁

冬天的一个午后，我慵懒地用被子把自己裹得只剩下脑袋，坐在温暖的土炕上，靠着窗沿，看窗外的阴天。暗淡的天空，轻灵缥缈的白云，厚重质朴的白杨树，心里突然有些伤感在蔓延……

对面屋脊上悠然落下一只花喜鹊，左右张望着屋脊上做装饰的两只瓷鸽子，不时翩翩起舞，希望引起这两只鸽子的注意，可任它怎样挑逗，这两只鸽子都保持静默的姿势，骄傲地不理睬它。花喜鹊“喳喳”叫着，失望地扭着腰身飞走了，它或许疑惑这俩呆瓜为什么不展翅飞翔？院子里的玉米芯被风刮得有些凌乱，露出一些残留的玉米粒，麻雀早就不来觅食，里面能下咽的碎颗粒都被它们拣食完了。此刻的它们不知道正聚在哪家的牛棚里享福呢，既保暖，又衣食无忧。随遇而安应该是麻雀的优点，所以走到哪里，它们的种群都那么庞大。一只肥硕的猫蹲在墙头观望，看哪家厨房的门没关好，好去偷食。不知道从什么时候开始，猫不再捕捉老鼠，而是在这片土地上成了窃贼般的存在，大有“过路大猫，人人喊打”的局面。

我听见邻居家的大门“咣当”一声响，紧接着老太太就念叨：“唉，咋就没人领我回老家看看啊？”那一声长长的叹息让我的心一下子悲凉起来。泾源！你让多少人梦魂萦绕、牵肠挂肚啊，可此生注定我们是回不去了。

那里是泾河的发源地，泾河水却弃他们而去奔向甘肃、陕西；那里有厚重的历史文化、人文景观，却并没有让泾源成为边塞要地。那里只是个山清水秀的小地方，是一个纯回族聚集地；那里的人既不富足也不过于贫穷，只是在土地上自给自足地生活着，民风淳朴，与世无争；那里的山梁嵝崄上处处盛开着红艳艳的山丹丹花，沟壑悬崖上随处都长着柴胡子、黄芪、党参；那里的牛羊出门就能自由地在山上奔跑、吃草，那里的毛驴是最重要的交通工具；那里一到三月，就是漫山的桃花、杏花竞相开放；那里的天空纯净明朗；那里的山泉水凛冽甘甜；那里没有风沙，没有炎热和寒冷……回想现在的那里，我居然说不出一点不好，除了怀念还是怀念……

但无论那里多好，我们最终是舍弃了那里。如果它会说话，我想它肯定会质问我，既然决然地离开，又有什么资格说怀念？是的，背离了生我养我的地方，我们没有资格说怀念。可是这些老人呢？他们和我们离开的初衷是不一样的。如果我们是背离故土，那么他们是被我们胁迫离开的。

邻居老太太耳聋了，脚步蹒跚，抄着手，夹着膀子在院子里进进出出。只要看见村道上有人，她就到跟前念叨，她想回老家去，她的柜子里还有几床新被子，她的炕上还铺着新毡，她还有十几双鞋没拿，她家的看门狗没人喂咋办，邻居借东西会找不到她，她待在这谁给她老汉上坟……她怎么能待在这里呢？你看看这，没有山，连个风都挡不住，连条河都没有，上哪里洗衣服去？老家多好啊，有山有水的，冬天不冷，夏天不热。把这是个什么地方啊……可是她能回哪去，泾源的家早夷为平地了。

老太太的念叨起初让人很同情，听到的人都耐心地劝解她，已经搬来了，就安心住下吧。老太太在别人的劝解下刚平静那么一会儿，可转眼她又开始新一轮的诉说。有些话重复的久了，就成了隔天的剩饭，任谁都会厌倦。渐渐地，老太太出来看见别人再想诉说的时候，她还没张嘴，别人已经找借口逃之夭夭了。剩下老太太一个人站在村道上愕然，这些人都咋了？

找不到诉苦的人，老太太更孤独了。只好给儿子念叨，唉，我想回去了，老家的东西还多呢，我待在这咋办？儿子耐心地解释着、哄着、劝慰着，可老太太还是安静一会儿后又开始念叨，并不时收拾她的包袱站在村道上等车。她以为站在村道上就会有车来拉她回去，一如当初搬迁时，车在家门口把她拉到这里来的一样。可她等了那么久都没有车来拉她，只有儿子不停地劝慰。老太太真的太想回去了，有时候半夜她都要收拾一回包袱站在村道上等车，惊搅得儿子连踏实觉都不敢睡，生怕老太太出去找不到方向丢了。如此地反复念叨和不停地收拾包袱，任谁都会失去耐心。经过无数次的劝慰后，儿子终于受不了母亲的折腾，时不时传来对老太太的怒吼：天天嚷嚷着，回！回！回！回去上哪去？你本事大自己回去。

每每此刻，老太太都会委屈地扁着嘴，不再说话，浑浊的眼睛里噙着泪，如孩子丢了心爱的玩具一般伤心。儿子又心软了，拉着哄回去坐在热炕上暖着。老太太可能不会明白：住了一辈子的老家，咋就回不去了呢？为啥不让她回去？……可是谁又能给她解释得清楚，为什么就回不去了？

老太太每天早晨都早早起来，第一件事情就是打开大门，她多么希望打开大门的一瞬间，看见的是老家的山水、老家的大路、老家的邻居、老家的看门狗……

蛋娃的父母是坚持着最后一个搬离老家的。如果不是野猪骚扰得不行，老两口说什么都不肯离开。当站在这片风沙肆虐的平原上时，老两口的眼里满是失望和无奈：唉，老了，老了，却走了离乡路！一声叹息，对故土的不舍和眷恋尽在其中。搬离，对于这两个老人是致命的疼痛。刚到这里一年多，他们最钟爱的儿子蛋娃在一场车祸中丧生，拉回来的只是一具残缺的尸身。我一直忘不了蛋娃父亲母亲撕心裂肺的痛哭。他们反复念叨，如果不来这个地方，是不是就不会有这惊天的惨剧。但无论怎样念叨，都已经改变不了他们丧子的事实了。

时隔一年多，两个老人已经可以把伤痛收敛于心中，他们坐在屋檐下，聊着老家的种种，关于这个季节的农耕，那个季节的收获，杏树上的黄杏，李树上的李子，酸梨树上的梨儿。牛的温顺，羊的捣蛋，驴的辛苦，鸡的淘气，狗的忠诚……时而大笑，时而争执。尽管老家已经是一种记忆，但老人却在尽情地怀念，生怕忘了细枝末节，生怕老家的一切真的渐渐远去。

赵老汉离开老家是为了追逐爱情，他本来是个七十多岁的鳏夫，儿孙满堂，家产丰厚，正是颐养天年的好时候。若没有遇见现在的赵老太太，这老汉正在老家安享清福呢。可世间的事情就这样难料。为了娶赵老太太，赵老汉不惜与儿孙反目，带着老太太来这里安家立业。这里的艰苦年轻人都受不了，更别说一个垂老之人。几个月就把个白白胖胖的老头苦得黑瘦憔悴。

结束了一天的辛苦劳作，赵老汉弯着腰拉着车子，赶着几只羊，身后跟着瘦弱的赵老太太。两个人的影子在夕阳下拉得好长，赵老汉叹息：我在老家这辈子都没在这半年受的苦多。但是他也回不到含饴弄孙的过去，回不到生养了他一辈子的老家了。

我知道我们都回不去了，无论是老人还是我们，或者我们的孩子，都将在这片土地上安身立命，直到有一天如我父亲一样融入这片土地中，永远扎根于这片土地。但是远处的那个老家，我们要用多久来割舍它，用多久才能挥去它带给我们的惆怅和念想？

（原载于《黄河文学》2015 年第 5 期）

和　解

炉子上的水泛着滚滚热气，发出沉闷的嘶吼。回应着这“嘶吼”的是母亲轻微的打鼾声，一起一伏。

太阳快落山了，窗外的院子里一片惨白。母亲侧躺在我的炕上，外套的衣襟敞开着，一只手轻轻托住下巴，一只手搭在肚子上。我把被子拉过去盖在她身上，她惊醒了，大声说，不用，炕烫得很，眯一会儿就好。我没再勉强，用胳膊拄着没有收拾的炕桌——上面吃完饭的痕迹还在——侧坐在母亲的脚下，就这样仔细端详着她。

母亲睡得有些失态。

人衰老后的一切特征都显现在母亲的身上，肥胖、皱纹、老年斑、白发、怪脾气……

我一直忘不了在三姨家看见母亲少女时期照片的惊讶。三个人中梳着两条大麻花辫子、最漂亮的一个，居然是我的母亲。我盯着照片看了好久，怎么也把照片中的美女和现在的母亲联系不到一起。感谢我的外公，在那个年代舍得花钱给孩子照相，把母亲最美的年华保留了下来。

但是我有些恍惚，这还是我儿时贪玩不肯回家，把我倒提着回去，拿鞋底狠抽我屁股的母亲吗？这还是一直嫌弃我没有淑女风范，对我横加指责的母亲吗？这还是我记忆之中一直没牵过我的手走路，没把我搂进怀里亲热过的母亲吗？这还是我有了委屈不敢对她说也不敢在她面前抹眼泪的母亲吗？

鼾声依旧，母亲微微翻转一下，调整到一个舒服的姿势继续睡去。

母亲还是那个母亲。

我起身收拾碗筷准备洗锅。锅碗瓢盆发出这样那样的声响。我不担心吵到母亲，她耳朵已经背得很厉害了。侄孙女都知道和她太奶奶说话是要趴在耳朵上说的，小家伙是我母亲的开心果。有时候看着母亲无条件地宠爱侄孙女，我是羡慕嫉妒的。

母亲生了八个儿女，成活了我们兄弟姐妹六个，我是母亲最小的女儿。从我记事起母亲走路就很少牵我的手，也不把我搂进怀里亲近，不许我上树摘杏子，不许我跟着男孩子掏鸟窝，不许我衣冠不整，不许我去别人家串门……

我总是惹母亲生气。我把早晨刚换的裤子在泥泞中糊得污浊不堪，刚穿的新鞋子被黑刺挂开了口子，偷了家里的鸡蛋去外面烧着吃，招惹一群孩子去我家豌豆地里摘豆角……我的调皮捣蛋让母亲大为光火，巴掌和笤帚把落到我屁股上的时候，哥哥姐姐都不敢为我说情。我在歇斯底里的哭喊中留下了永久的记忆。

不过母亲很忙碌，我在她视线中的时间是有限的。整个童年我尽情游荡在黑眼湾的沟沟峁峁。拿木头削刀剑、做陀螺；拿哥哥的废书本叠手枪、叠纸飞机；披着母亲洗净的床单，在腰上绑上两个编织袋扮大侠；和男孩子挖战壕、钻地道，演练着电视上看来的精彩……这些是我成长过程中母亲从来不知道的情节。

我小心翼翼，但母亲总是生我的气。我努力克制自己性格中的不安分，希望可以取悦母亲。我开始窝在家里安静地看书，我开始打扮自己，我努力做家务，我谢绝了同伴邀请我出去疯。我的童年、少女时代就在这种取悦母亲的过程中度过了。

就在母亲以为她把我改造成了听话的姑娘时，我却做了一件让母亲十来年耿耿于怀的“坏事”。

回族姑娘大多早婚，二十岁的我到了谈婚论嫁的年龄。虽然相貌一般，可媒婆还是络绎不绝，一张嘴就说我吃苦耐劳、家教好。我心里暗暗生气：牛比我还吃苦耐劳，你怎么不给牛说媒去？来了几个都这么说让我相当不情愿，恰好这时候，从小和我一起玩耍上学的者布托人示好。

母亲从来没有那么生气，天还没亮就闯进了我的小屋。我用被子蒙着头听着母亲的愤怒："那么多人你不情愿，你要嫁给他，他是什么样子你又不是不知道。撇过他不说，他的妈以后让你有生不完的气。你从小就给自己做不了主，嫁给他你的日子怎么过？你看着老实，原来心里的主意这么多……"母亲站在我头顶足足骂了两个小时，我躲在被子里一声都不敢吭。

者布也没咋样，就是前两年风湿病严重得下不了炕，这两年稍微好点儿，可走起路来有些僵直。他的妈是村里公认的是非人。作为邻居，母亲大半辈子被打压、受气，现在突然要和这样一个女人做亲家，母亲如何接受？

被母亲骂得狗血淋头，我心里打定主意，如果母亲再这样骂下去，我就不嫁了，怎么也不能让母亲伤心。可母亲不骂了，居然同意我出嫁。后来大姐告诉我，说母亲怕把我骂急了我跟着者布私奔，那样会很丢脸。我有些生气，为母亲对我的质疑和不信任感到委屈。可母亲已经认定我是个坏孩子了。直到我出嫁那天，母亲都没给我好脸色，陪嫁也远没有二姐丰富。我觉得，取悦了母亲这么多年，从踏出家门的那一刻，我和母亲的距离又拉远了十万八千里。

我和母亲成了一个村子里最亲近的陌生人，她在村头，我在村尾。

我隔三差五去看母亲的"脸色"。我一去母亲就开始数落我，可我不去母亲还是数落我，理由千奇百怪。我硬着头皮听完，满腹委屈地离开，只是偶尔吃母亲一顿饭。

我洗完碗了，母亲还在沉睡。

我结婚十几年了母亲没在我家的炕上睡过一次。

者布和儿女去了银川亲戚家，家里就我一个人。

我有半只鸡，我把鸡肉剁成小块腌制，切了土豆丁，擀了面饼，上锅蒸上，又捞了咸菜用清水漂着。

我想让母亲好好和我吃顿饭。

母亲不肯来，说邻居看见了又说闲话。我固执地坚持着，说都做好了。哥和嫂子看我为难，一起帮我给母亲说情。

我连拉带拽地把母亲叫到我家。我家的台阶有点高，我先上去，转身伸手拉母亲上来，她没有拒绝。我感觉到母亲手上的伤疤硌着我的手，这双手是那么陌生。

母亲进屋环视了一遍，说又挪这屋里了啊，我已经很久没来你们家了。我急忙摆好炕桌，泡好茶，拾好瓜子、苹果、橘子。这是沿袭着母亲待客的礼数，一样都不能少。

母亲上炕了，脸色缓和了下来。看见电视旁边堆着几本书，略责备地说："还一天到晚看书啊，眼睛都熬得不好了，看那么多书有什么用？我那时候生完你姐坐月子无聊，看了两本闲书，到现在眼睛和脑子没缓过来。书这东西费人精神。"

我笑笑，大声和母亲说没事。想当年母亲也是识文断字的才女，差一点成了老师，却因为父亲的执意反对，当了一辈子农民。我有工作的舅舅姨姨们说起来就遗憾，说是父亲误了母亲的一生。

可这些母亲自己是不说的，她用沉默将当年的风起云涌化为子虚乌有，陪着父亲在土地里劳苦，生儿育女。

我坐在炕沿上大声回复着母亲的提问，锅里的蒸鸡肉已经溢出清香，屋里的温度也暖起来了。母亲不吃瓜子苹果，只轻轻拧开茶杯啜着茶水。

乡村的长嘴妇人捡拾起是非的细枝末节拼命传播。只几个来回，我婆婆嫌弃我的话就已经扩充了版本，顺利地送到母亲的耳中。母亲大怒，积攒多时的恶气冲我爆发开来。旧事重提，骂我当时是“睡在鸡架底下——眼让鸡屎糊了”，那么多人我不嫁，非要嫁者布，现在好了吧，自食其果、咎由自取、自作自受、自讨苦吃……这么多年，母亲还是没忘记这些词语，很好地把它们组织起来加诸在我身上，告诉我当时的选择是多么幼稚。

我欲哭无泪，只能拼命低头看着脚下，多想地下有个缝可以收留我。

由于者布的身体原因，越来越多的农活、家务压到我身上，我像一只被鞭子抽起来的陀螺。每当我一脸疲惫坐在母亲面前时，母亲恨铁不成钢的数落就如影随形。我越来越沉默，甚至讨厌两家人居住的距离。

儿子的出生稍微缓解了母亲的“脸色”。母亲为他做了小棉袄、小棉裤，缝了小被子。母亲不来我们家伺候我坐月子，在自己家做好面给我端过两回。母亲做的酸汤面特别好吃。女人在月子里娘家妈伺候的惯例在我这被母亲省略了。我知道，这是母亲对我任性的惩罚。

撤了瓜子和水果，蒸好的鸡肉和漂好的咸菜端到炕桌上了，双手给母亲奉上碗筷，续上茶水。

母亲看着香味扑鼻的蒸鸡块，笑着说："哎呀，长本事了，会做饭了。人家不在你把鸡吃了别又回来说你。"

我笑着大声说："没事，这就是我专门给你做的，他在你又不来我们家。快尝尝好吃不？我放的盐少，别没味道。"

我拣了几块到母亲碗里，赶紧问好吃吗。母亲说好吃，招呼我也上炕。

母亲当年的反对历历在目，我想起一句话：如果你的父母不是嫌贫爱富的人，她反对你的婚姻，你就要慎重考虑你的结婚对象。

又一次琐碎的争吵升级，家里鸡飞狗跳，简单的肢体冲撞后我离家出走了。

我坐在离家的班车上，痛不欲生。我想起争吵时哭着的儿女，想起母亲平时"恨铁不成钢"的责骂，想着我要走了没和母亲说会怎样？孩子没有我该怎么面对生活？太多太多的顾虑化成了不争气的泪水。但是一切都太迟了。

我在银川一家食堂找了份工作。我关了手机，我也没脸面给母亲打电话，只托侄子告诉母亲我好着呢。

有一天外甥女把电话打到我工作的地方，和我说你走了她天天哭。我的眼泪汹涌而出。十来年的数落，让我一直以为母亲是不稀罕我的。

我是做好了被母亲劈头盖脸一通骂的准备才打电话的。但是母亲一反常态没有骂我，语气出奇的温软。她让我回来，说儿子女儿都瘦了，衣服鞋子脏得不像样子。

“回来吧，我已经骂过他了，他也没说什么。孩子不能没有妈。现在说什么都迟了，已经这样了你就忍着过吧。”

挂了电话，我在银川的街上哭得一塌糊涂。

母亲已经吃得差不多了，看样子对这顿饭还是比较满意的。我又问她盐咋样？她说好呢，再咸她就吃不下去了。

吃完没急着收拾，我陪母亲说着话，她靠在枕头上，我说累了就躺着缓缓。

母亲难得听了一回我的建议，拉过枕头躺下了。

我说：“今晚别回去了，住我家吧。”

母亲摇头：“不住，礼拜的衣服都在家放着，歇会儿回家礼拜呢。”

母亲把电话号码给了者布，他打电话叫了我好几次。我辞了银川的工作，疲惫不堪地回来了。

面对离家一个月的我，母亲还是骂了几句，但在我听来却已经不是骂了。

我写的文字变成铅字印在杂志上，我拿给母亲看。母亲戴上老花镜远近调整着距离，当看见作者的名字不是她熟悉的名字时，问怎么不是你。我说就是我，起了个笔名。母亲撇嘴："溪风，咋不叫东风，名字怪怪的。"

我不好意思地笑笑。

母亲和我说着话的工夫就睡着了，渐渐有了鼾声。

这一刻，我觉得和母亲和解了。

（原载于《朔方》2016 年第 6 期）

野　地

一

我背着一个工具包，跟着技术员，吃力地走在种硒砂瓜的沙地里。有拳头大的、鸡蛋大的、拇指大的各种形状的石头，平铺在旷野平坦的土地上，一望无际。

这片瓜地上规划着要通一条高速公路。我们受雇于公路局，做着最基础的工作——打点撒线。技术员举着仪器，用网络连接卫星，根据仪器提示在地上找好点，我在木桩上记录好数据后系上红塑料袋，按点抡锤把木桩打进去。然后招呼后面跟着的那个人，在两点之间撒上白灰，形成高速公路的雏形。

我们就这样一个点一个点地向前打，回头看，两条白线平行着，蜿蜒曲折。三九天，天气很好，旷野无风，天地间就我们两组六个人，分散在卫星固定在大地上的位置，依次前行。远处一堆一堆砂石堆放在平坦的地面上，这是瓜农为明年扩大种植面积准备的。开春用铲车往开一摊，就又是一片硒砂瓜的产地。脚下的砂石地里，露出一撮一撮废弃薄膜，和砂石均匀地掺杂在一起，路边的田埂上更是垃圾成堆。另一条高速公路边竖立着一个大大的标语牌：保护环境，禁止压砂！

西瓜地的边缘是一条古老的河床，水不知道什么时候干涸了，只留下山洪冲刷出来的一个个不高不矮的绝壁，绝壁上的棱角悬空挂着，有的裂开了口子，随时准备坍塌。这里设计了一座桥通到对面的山上。看着几乎没有路可走的悬崖，技术员踌躇起来，站在崖边只咂吧嘴。怎么下到崖底成了一件困难的事情，他扛着禅杖一样的仪器去绕路了。我看着宽宽的河床，陡峭的悬崖，光秃秃的远山，感觉无比亲切，早年山里奔走的情景历历在目。一瞬间似乎有了在老家的石崖沟的感觉，只不过那里青山绿水环绕，这里荒凉空旷遥远。

我放下工具包坐在悬崖边上休息，工具包里的木桩是长方形带箭头的，这样方便钉到地里去。我一边跟着技术员走，一边得在上面写好他报出来的数据。握着木桩的感觉好像坐堂的县令签发令箭，一钉进地里，就决定了一条路的走向。

快正午了，悬崖边很暖和。技术员还没有下到崖底，我看着不远处撒石灰的明子，他也看着我，两个人相视而笑，我们都是笑绕路的技术员。在我们眼里，大着胆子从面前的斜坡冲下去就好，何必绕路？明子低头继续玩微信，和他的群友喊语音喊得不亦乐乎，网络里的男男女女，声音一片嘈杂。

技术员下到崖底了，我斜背起工具包，拎着锤从早先看好的豁口处下去了，前后不过几秒。在技术员找好的点上钉上木桩，挥手招呼明子继续撒石灰。

午休了，坐在公路局的皮卡斗子里穿过西瓜地，天地间那种空旷和辽阔，随着车轮碾过砂石的声音又一次被放大。回到我们的车跟前，取出简易水壶开始烧水。砂石地里除了废弃塑料没有别的东西，火久久烧不起来。明子的电话响了，没几句就开始有了争执，我们都注意听着怎么回事。

这个活从昨天就开始干了，但干活的人却不是我们几个。那三个人干了半天，就嚷着嫌工钱低，走路走得腿疼，石灰糊衣服，种种理由想要加工钱。但是公路局这边说，冬天了，一天也就六七个小时的活，加钱不可能，你们愿意就干，不愿意就算了。结果他们说不干了，下午公路局这边付了工钱给他们，然后安顿让明子再喊几个人，于是今天干活的就成了我们。

打电话的是昨天干活的，意思是他们想朝上抬工钱，并不是真正的不干了。只要公路局这边找不上人，工钱自然得加，明子给找人为什么不问他们？

这种质问在我们打工的历程中经历得太多，若每一次都计较还不得气死。远处另一条高速公路上奔忙着来来往往的车辆，公路旁边是一片黑压压的太阳能电板。

一转身，水已经开了。技术员看着这个简易水壶觉得稀奇，围过来研究水是怎么烧开的。我们一人拿着一块饼子，给茶水续上热水，一口饼子，一口热茶，就是一顿午饭。

下午的测量打点一直在山上。这里的山不高，山上也没有多少植物，偶尔遇见人工种植的几棵树，还半死不活。倒是在布满蒿草的低洼处看见星星点点的地软和羊粪蛋均匀地铺在地上，让我生出无限亲切和惊喜，这种特殊的菌类曾经遍布老家的沟沟洼洼，在粮食紧缺的年代消除了我们的饥饿。老家的老人一直哄孩子说："天变变，地变变，羊粪蛋蛋变个地软软。"这地软到底是不是羊粪蛋蛋变的，我到现在也没搞清楚。

一天的时光不紧不慢地快过去了。我朝后甩了甩工具包，缓解了一下肩膀的酸痛，腿脚因为跋涉也有点沉重。看着西沉的太阳，有些忧心家里的儿女和牛。

车还在起点的地方，天开始冷了，后背有些湿。暮色中的这片土地美丽安详，我们迎风站在路边，等着回家的车。

二

小郭举着测量仪，来回奔走，站这儿不对，站那儿还不对。抬头看看太阳，又拿出手机定位东南西北，却还是没找到合适的点。小郭有点急，招手喊另一组的技术员来给他看看点对不对，可每一次都不能喊人家来看吧。更多的时候是小郭自己在地上奔走、转圈，因为他在旷野中不知道北在哪里。

我们见到小郭时，他腼腆地笑笑算是打招呼了。我和明子跟着他，强和银宝跟着另一个技术员。

初次见面，彼此都没什么交流。只有在小郭反复找不到点，看见我也跟着他来回转圈的时候，不好意思地回头关照我：“姐，你先等着，我找好点喊你你再来。”而遇到方向确定不了的时候，他会回头问明子：“哥，这是什么方向？”礼貌性的称呼，让人觉得亲切温暖。

中午之后我已经摸出了规律，可小郭还是没适应过来，被另一组远远甩在身后，看得我也着急，便偶尔提醒转圈的小郭。他很惊讶我对方向和尺寸的大概把握。连连说自己可能眼睛不好，掌握不来距离，问我是不是以前干过这活。

我说没干过，但是我们长年给人打工，起码的距离心里有数，不然只能被人淘汰。他说他们在学校学的时候有尺子，现在没了尺子也就不知道怎么丈量了。我用我们的土办法告诉他，像他那么大的个子，一大步基本就是一米，一脚大概二十多公分。在几十公分的范围内就要靠自己去蒙了。

找不着点的小郭有点沮丧，唉声叹气，抱怨说路太难走了，一直走路走得他腿疼。再遇到壕沟之类的我会提醒或者拉他一把，彼此就这样熟悉起来。边走边聊天，小郭说自己是甘肃平凉人，今年二十三，土木工程学院毕业，刚开始实习，前几天在黄河上测点，今天才来这边，突然从水里到陆上，他有些不习惯。我想起了在平凉上班的新立老哥，在我写作的路上，他是我的第一个老师。

又一个山梁横在眼前，小郭抬头看着，发愁说这样子走下去简直苦死人了。我忍不住笑着和小郭说，咱们不是官二代，也不是富二代，是处在社会最底层的人，不苦咋办？苦是我们的根本，除了靠苦来维持生活没有其他办法，苦点没事，只要身体健康就好。小郭若有所思地点点头，快步走了起来。

一天的时光在沟沟洼洼中坎坷走过，小郭慢慢掌握了方向，测点的速度开始快了起来。

三

明子指着远处山坡惊奇地说，咦，这山上怎么还有牛？不过马上就否定了，噢，不对，那就是野马。

野马吗？我看着它们。暗自数了数，七匹，几乎是静止在那里不动；如果不是因为颜色比黄土深，明显地凹凸于山坡上，会让人误以为那是山坡的一部分。而它们中有一匹灰白相间的马格外醒目，被其他马挡住身子，只露出头，远远望去，好像马群中站着一个人。

马群动起来了，它们悠闲地散步，秩序井然，那匹灰白色的马更显眼了，好像还有一匹小马被围在中间。我又数了数，怎么成了八匹？我有点笑话自己，连几匹马都数不清楚。马走着走着更加分散，我这次数清楚了，确定是八匹。

远远看去，有马群的山坡上一片暗黄，几乎是寸草不生的样子。

而山坡周围稍平坦一些的地方全部被开发，铺上砂石成了种硒砂瓜的地，再朝上是一个挨一个的风力发电机，有马群的山坡好像孤岛一样被隔离。

看着大风车翼下的几匹马我有些发呆，冬日的阳光懒散地照在马身上，马阔步走着，气定神闲，它们不戴缰绳，不配鞍，随着性情，就这样阔步于山上，露宿天地间，直到埋骨于荒野。我在想，这些马是什么时候开始存在于这片土地的？是这片土地的原始居民还是从哪里迁徙来的？又或者是曾经打仗时遗落下来的军马转变成的……马还是在缓缓移动，时间仿佛静止在了这一刻。

几个人都看见了马，停了下来，边欣赏边议论着。银宝狠狠地吸了一口烟，踌躇地说，想点什么办法能抓住一匹马？强笑他做白日梦。可能感觉到了人类的注视和觊觎，马群开始活跃起来，向北面的高山上跑去。渐渐加速，身后扬起一片土尘，土尘跃过一道山梁，逐渐消散，马群像腾云驾雾一样消失在视线中。那一片山坡，依旧暗黄。

想起我们放线时高速公路两边一堆堆的马粪，才明白是野马穿过硒砂瓜地来高速路两边的林带里吃草留下的。林带里有喷灌，草远远要比其他地方茂盛。听说一匹马已经被偷猎贩卖，但它们还是无所顾忌地徘徊在高速公路边。

四

冬天的硒砂瓜地里，除了大小不一的石子遍布山梁，再看不见一点有生气的东西。头顶的高压电线发出刺啦啦的轻微声响，不抬头还以为是雪在地上发出的声音。两片瓜地之间的壕沟里，堆满了干枯的蓬蒿，有的被风吹着倒扣在地上，像一个个没有糊上红纸的灯笼。山梁上的风急躁地来回奔走，刮得雪花转圈，打到人脸上生疼。

两组人都缩着脖子。小郭没有戴口罩，鼻子和脸冻得通红，但还是顶着风左右转圈找正确的点，不时吸着鼻涕。强裹着我给的花围巾，没绑好，脖子后面一头长一头短，一走一甩，看起来很滑稽。要在平时，打死他都不会接受自己这样的形象的。

我更夸张，戴着口罩、棉帽子，再用长围巾裹了一圈。身上除了本来穿着的皮衣，还加上一件绿色的军大衣，显得格外臃肿。在这样的天气里，我是值得别人羡慕的人。

不远处蒿草密布的开阔地里，两个人负重行走，一个肩上扛着一袋白灰，一个怀里抱着一袋，身上的重量让他们快速走一会儿，又停下歇一会儿。衣服裤子上沾满了白灰印。这是另一组今天加进来的两个实习生，跟着技术员打桩撒石灰。银宝歪戴着棉帽子，嘴里咬着一根纸烟蹲在土堆上边吸边看着。一看两个实习生又是抱又是扛的，偷笑着说，这几个娃娃真实在，扛起白灰就走。本来撒灰的活是银宝干的，可他一看今天来了实习生，就偷懒当起了甩手掌柜。

寒风中不停奔走拿白灰的实习生没有戴棉帽子，身上的衣服鞋子都很单薄，口罩还是早晨我提醒他们买的。来时他们衣衫整洁，踌躇满志的，以为今天就能把自己的所学从理论变成实践。银宝继续偷笑着："你说说，这帮娃娃，他大他妈苦死苦活供养他们上大学，这些娃娃眼睛熬成了近视眼，身板和麻秆一样，可大学上出来不也和我们一样下苦？"

我白了他一眼，却不知道该怎么反驳。远处的山梁上，一只鹰孤单地蹲着，左右张望之后展翅高飞起来，迎风停留在高空，观察着地面上有没有猎物。我有些恍然，人在羡慕鹰的翅膀可以直击长空的时候，又有谁体会到了鹰的孤独？

雪花中移动着一大片雪白，传来叮叮当当悦耳的声响。近了一看，是一只长毛、直角的山羊带着铃铛，混在一群黑头、白身体的绵羊群里。它抬头看看我们，又低头吃一口草，再抬头看看，山梁上没有什么草可吃，它们用很快的速度向前移动。

牧羊人穿着棉大衣，戴着暖帽，抄着手，羊鞭夹在腋下跟着羊群缓慢走着。看见我们，他被风吹得暗红的脸上挤出微笑，牙齿雪白。互道一声辛苦，各自向不同的方向走去。再回头，羊群已经远去，风中隐隐还有叮叮当当的声响。牧羊人的鞭子，始终没有甩起来。

五

高玉宝满头大汗，弯着腰提着白灰袋子一点一点抖着石灰撒线。他不看远方的点，只闷头关心石灰抖落下来没有。瓜地里的石头绊得他跌跌撞撞，两条腿上沾满了白灰，装在屁股兜里的刀子把裤兜割破了，一走一扇风。两点之间，他撒出的线弯弯曲曲，没一条是直的。项目经理在车里远远一看坐不住了，顶着刺骨的寒风奔向高玉宝，叫停下。

高玉宝喘着粗气站直了身子，脑门上冒着热气。抬头盯着高出他许多的项目经理，不明白他撒得好好的为什么让停下。项目经理拉他转身看身后撒的线，痛心疾首地说："大叔啊，你看看你撒的这个线，就和蛇走道一样。这是农户的西瓜地，要给人家赔款的，你这一拐弯，人家的两三米就不见了。要是地的主人在这，非和你打架不可。这每一米，可都是钱，明白不？"

高玉宝抹了一把脑门上的汗，点头应承着，可提起白灰袋子一走路，该怎么弯还怎么弯。项目经理的眉头快拧成麻花了，这在路边呢，撒成这样，领导过来一看，不骂才怪。

这次不是叫停高玉宝一个人，技术员和我都停了下来。项目经理以为他说话高玉宝听不明白，让我们也帮着给他说。连续两次叫停，高玉宝的脸涨得通红，面对着项目经理左右翻飞的手势，负气地转过脸不看。和我说："嚷什么嚷，'一个我'最怕别人跟着嚷，还能干不，不能干我不干了。"

"一个我"是高玉宝的口头禅，他说什么都要声明"一个我"。时间久了，"一个我"成了他的绰号。快四十岁的他个子不到一米五，家里上有老，下有小，因为自身的原因，出去打工总被人嫌弃，日子过得捉襟见肘。明子见他挣钱不易，平时有什么挣钱的活，能叫他就尽量叫上。

可这对高玉宝家的生活并没有多少改观，不得已，他瘦小的老婆去年到城市的餐馆打工了。留下一家老小让高玉宝照顾，时常听见他家院子里儿子闺女哭喊打闹，高玉宝的爹大声呵斥，高玉宝唉声叹气。

我看出来是什么原因让高玉宝的线撒不直了，他不看前面打下去的桩，只低头看白灰袋子，这样撒出来的线肯定不直。我笑着和他说："以前在老家犁地时你是看犁头还是看犁尾？道理是一样的，你得看着前面的桩向前走。你直起腰来，拖着白灰袋，盯着桩向前走就是了。"

安顿好他，我和技术员继续前行，打好桩回头喊他开始撒线，掌握了方法的高玉宝总算撒出一条直线，项目经理重新回车里暖着去了。

六

茫茫雪原，我们用脚丈量大地。野外第五天，点在不知道的地方向远方延伸，脚下的雪被踩得嘎吱作响，我们奔走在山上的硒砂瓜地里，一步步去向远方，偶尔惊起草窝里的野兔山鸡，它们仓皇逃窜。

山梁上广阔的天地间，分散着一座座孤零零的土房子。那是夏天种瓜的瓜农看瓜时临时住着的地方，没门没窗，远远看着像缺了门牙的大嘴。

今天我们跟着技术员小柳。这是个开朗、机灵的小伙子。小郭被调到另一个地方找点，他这几天一直被项目经理嫌弃着，一会儿说他找的点不准确，一会儿说他速度慢，一会儿又说他遇事不会变通。天气寒冷，路程曲折艰难，挨骂的小郭情绪很不好。在找点的过程中屡屡出错，而越是出错，项目经理的唠叨和嫌弃越多。

路的另一边又传来项目经理愤怒的咆哮："怎么搞的吗？桩上的数据必须朝着对面打下去，他不知道你也不给看着点。还有，今天必须干到1300+600，干不完不准回去。"新到的实习生手忙脚乱地在瓜地里小跑起来，项目经理气得原地转圈。

小柳摇摇头说，又发神经呢，他给领导吹牛说一天可以采十公里，现在进度赶不上，就拿我们撒气。正说呢，项目经理朝这边喊："小柳，你采完点走快点嘛，不要慢慢悠悠，想走不想走的。"小柳咬着牙来了一句"我靠"，快步向前走去。我拖着笨拙的身体一边追赶小柳，一边从工具包里掏出木桩，边走，边看路，边在木桩上写下一个点的数据。

白色的木桩，写上一串红色的数据，再配上一条撕开的红塑料袋，飘飘扬扬，打进地里格外醒目。木桩上的字或整齐，或潦草，数字不停地变化着向前推进。我从包里摸出来一个四面宽度一样的木桩，写完数据，等着技术员找点时，无聊中在两面写上"逢山开路，遇水架桥"。随手打进去转身走了，明子撒灰时看见大声喊我，问是什么意思，我说没意思，随手写的。明子说可不敢再乱写了，你把别后面施工的误导了咋办？吓得我一吐舌头，再也不敢写数据以外的字上去。

熬到中午，项目经理坐车扬长而去，临行又叮嘱，中午不要休息，下午必须到指定的点。我们两组人一致翻着白眼送他。

又向前采了一会儿，已经中午一点钟了。木桩快没了，刚好前面有一座土房子，小柳说休息吧，等饭。两组人集中到了这里，银宝开始生火烧水，银色的世界中，一缕烟火让人心生温暖，两个技术员围着水壶一边烤火一边朝里面扔柴。我们拿出带来的饼子准备吃，可技术员还得等盒饭。明子给两个人一人递过去一个饼子，他们也没客气。

送饭的皮卡车久久不来。我看着周围一望无际的硒砂瓜地想，明明一片荒凉，稀薄而单调的植被，可铺上一层石子，种上瓜子，就长成了香甜可口、全国驰名的硒砂瓜。这样大的面积，这样独特的生长方式，瓜农是怎样完成种植过程的？可惜春天忙碌，离得又远，没机会来看一粒瓜子是怎样在石头缝里生根发芽、开枝散叶的。

若到了七月初，我们就会看到这片山梁上到处都是圆滚滚的西瓜，一片翠绿。大货车停放在路两边日夜不停地装运，将这石头地里长出的精灵运送到全国。

饭总算来了，两个技术员围着火吃着盒饭。小柳大笑，说，今天还算有个火呢，昨天盒饭送来时，米饭上面全是冰渣子。

走完了瓜地，前面的路崎岖险峻起来，一道道沟渠纵横交错，刚爬上这道梁，又马上下到沟底，再爬上去没走五十米，就又要下去。遇到向阳的坡面还好走点，可阴山里全是积雪，又滑又湿。另一个技术员下坡时脚下一滑，重重摔倒，溜向了坡底，爬起来没顾上看自己，先检查机器摔坏没。所幸这些山坡上没有灌木或者石头，机器没事。技术员这才摸着自己的胯骨龇牙咧嘴地喊倒霉。

这里的山坡上能看见的唯一的植物有如缩小版的青松。稀稀落落，枝干蜿蜒，不知道生长了多少年才形成。那些蜿蜒是这种植物和干旱常年对抗的见证，一年可能连一两厘米都长不到。此时的它们，在雪的映衬下格外有风骨。

又爬上一个山梁，我已气喘吁吁。只见太阳在西边有气无力地消磨时光。回头看停车的地方，在十几道山梁之外，看时间能回家了，等走到起点，又是一身冷汗……

七

车窗外晚霞红透了西边的天空，镇上的某个烟囱扯出一条巨龙的模样，蜿蜒着上了西天，龙头隐没在夕阳中，龙尾还在烟囱中。车里的几个人沉默着，音响里郑源深情、舒缓的音乐让人昏昏欲睡。一天就这样过去了，而我们到家还要将近一个小时。车走了这么久，脚还是没有知觉，膝盖和脚脖子僵硬酸痛。

下午的天气一阵阵变冷，沾了雪的鞋子上冻了一层冰，里面已经被雪泡透。我站在高速公路边上，看着渐渐西沉的太阳，有点担心没有大人在家的儿女。一向淡定的我变得烦躁起来，挎着工具包转身看着身后来来往往的大车小车，不愿意再打木桩。中午时候吃的两个饼子在爬山越沟中早已化为乌有，脚被鞋子磨掉了一点皮，一走钻心地疼痛。

项目经理钻出皮卡车狂奔着追来，问怎么停了。我说五点了，该回家了。一听我们要下班，他语重心长地唠叨又开始了：身后领导跟着呢，太阳这么高怎么能下班？今天大家辛苦了，就这一天，明天咱就正常上下班……

听着这一串串冠冕堂皇的理由，我有些笑话这个长着一张包子脸的男人。干了六天活，哪一天正常过？今天领导检查，明天领导在后面跟着，后天领导说没进度……天天说明天正常，结果就是一天比一天催得紧张。

特别是今天，早晨六点就打电话让我们过去，而外面还是伸手不见五指。中午我们一人啃了两个干饼子就上工，烧开水的时间被扔过来的一瓶矿泉水取消了，拧开抿了一口，里面全是冰渣子。刚吃完饼子，他又说，看见前面那个高速公路没，下午点放到那咱就回家。现在站在高速公路边上了，又找新理由拖延时间。

想起早晨明子一边走一边唱："刚翻过了几座山，又过了几道沟。崎岖坎坷怎么它就这么多！去你个山更险来……"一句没唱完，脚下一滑，一屁股坐地上了，技术员小柳回头大笑。明子爬起来拍打着身上的雪，抬头看着陡峭的山，感叹一句：咱这和唐僧师徒西天取经有一比啊，只不过没妖怪罢了。

山体被长久以来的山洪分成了不规则的条条绺绺，我们行走的路线一直是搓衣板式的。山上到处有羊行走过的踪迹，当前方没有路的时候，仔细观察，就能发现羊道，顺着羊道上坡或者下沟，总是比其他地方好走一点。山上还残存着大量羊圈和牧羊人的窑洞，已经坍塌得不像样子，不知道羊和人去了哪里。

翻完了山看见一条峡谷，峡谷西北方向有一个十几亩大的平台，平台上有用土筑起来的围墙。走近一点，又看见几座分散的土房子，还隐隐传来羔羊的叫唤声。下到谷底，才看见这里住着几家人，各自独立的房子和依山而建的羊圈错落有致，屋顶的太阳能板闪着光芒，阳光让这个地方充满温暖。而人的居住，让这里的气场活了起来，半个峡谷都充满人间烟火的气息。山梁上走来一个女人，手里提着一只刚出生的羔羊，羔羊奶声奶气地叫唤着，身后跟着一只大羊回应着羔羊，紧紧跟着女人。叫唤声渐远，道路曲折，但弯弯绕绕总是通向他们回家的路。

看见那条河时我吃了一惊，在这个半沙漠地区居然有这么大一条河，在两山之间把一片平原一分为二，九曲十八弯自东向西奔流。河岸两边由于长时间湍急的水流冲刷让泥土随水流而去，形成了齐整的绝壁，没有一点植被，也让人无法靠近河水。河水一片暗黄，不知深浅，我奋力丢进去一块土块，没溅起多少水花就迅速被淹没。驻足河岸，头顶的山上修建的铁路快速行驶过一列火车，而支撑着火车通过的是一百多个巨大的水泥桥墩，铁轨就架在这些桥墩上，它们像一个个敬业的士兵列队坚守着自己的岗位。

河对岸是一片新栽的枸杞树，弱不禁风。为了让它们站好，一棵树旁边绑扶了一根竹竿，远远望去，似乎插了一地竹竿而不是栽的枸杞树。规划的高速路正好从这片地里过，技术员感叹着，这片枸杞树的主人可以领到一大笔赔款了。

天气越来越冷，项目经理小跑着钻进皮卡车，我背起包踮着脚跟着小柳的脚步，继续打桩。小柳吸了一下鼻子，遥遥看着皮卡里的项目经理，习惯性地说：“我靠！”

八

时间是下午五点四十，气温骤然寒冷起来。最后一个木桩打进地里，想着应该可以回家了吧，远远和项目经理一说，他小跑着又提来半袋子木桩：“再干再干，六点钟再回家。”

太阳已经隐没在了山后边，我看着背来的半袋子木桩，心里无端地生气。打一个木桩十几米、二十几米到五十米不等，就算再干二十分钟也不需要半编织袋木桩吧。

装了有十几个木桩，剩下的扔给项目经理，我和技术员不情愿地继续向前挪。脚有些麻木，磨烂的地方并没有因为换了一双鞋而轻松，每走一步都在疼痛。太阳一点点地在西沉，想起家里只有女儿一个人，心里骤然暴躁起来。一路翻山越岭，未曾停歇，怎么还在下午这十几二十分钟和人较劲？

明子开着车远远来了，一路颠簸。看见车的那一刻，两组人同时停下了，不肯再前行。我们扔下技术员向车走去，项目经理一回头，看见我们站在车跟前准备回家就火了：“哎哎哎，还不到六点呢，你们怎么收工了？这样不行，领导在后面催得紧，今天我又被骂了一顿，再干再干。”

这几天积攒下来的情绪在这一刻爆发了，大家一起质问他，你这个活到底有没有时间概念？这么冷的天，就那么点工钱，白天又没有耽搁你的活，下午我们回家都七点多了，你天天在这十几二十分钟的计较，说起来就生气，你看还能干吗？不能干明天就不干了。

项目经理又一次拿领导催、过程紧的理由来说事。但是此刻，大家已经听不进去了，连续几天八个多小时翻山越岭的负重行走把大家的体力和耐心都耗完了。领导不在现场，看不见我们是怎样艰难跋涉的，难道坐着皮卡随时跟着的项目经理也看不见吗？一天到晚就说“快点，再快点”，就差让我们跑起来了，怎么就在这十几分钟上较劲？两边互不相让，在寒风中对峙着。

风越来越冷，天色逐渐暗了下来，项目经理在不远处不停地打电话，他在找替换我们的人。我心里清楚争取自己权利的后果，今天走了我们，明天立马有人补上。这片土地上，唯一不缺的就是廉价的劳动力。

坐车经过县城，灯火辉煌，我无心欣赏城市的夜景和明亮。这时候还没回去，女儿一个人会不会害怕，家里的牛不知道孩子喂了没有？

明天不用再去，就这样以一种突然的方式结束，毫无征兆。

（原载于《黄河文学》2016 年第 4 期）

农闲笔记（一）

春 灌

月亮像一把明晃晃的弯刀挂在杨树梢上，洒下一点凄冷微弱的寒光。杨树下几束灯光焦急地来回闪烁，隐约听见急促的喘息声和水流声。灯光照耀处，树根下一个洞已经有水桶口那么粗，渠里的水争先恐后地涌向那个洞里。

几个男人女人飞快地挖着埂上的干土和草皮，试图把洞堵起来，但是因为有树根的干扰，扔下去的土来不及停留就被水冲走。扔了那么多土进去，洞却没有一点堵住的意思，大家的心随着湍急的水流变得狂躁起来，洞堵不上，后面的几块地就没办法灌溉，咋办呀？

眼看着洞被水冲得越来越大，那棵杨树都倾斜了。一个男人

跳起来，跑到地头的三轮车上拎来一块硬铁皮，顺着水渠直接堵在那个洞上，抬起脚踩了几下，水势一下被改变，大部分顺渠流向后面的土地。小部分缓慢渗入洞中。男人捞起铁锨，招呼大家赶快填土进来。水势慢了，洞终于被堵了起来。那块救场的铁皮被捞了出来，沾满了泥污。

大家长出了一口气，才发现后背已经被汗浸透，在早春三月格外湿冷，赶紧披起刚才脱掉的棉衣。留一个女人看着补好的洞，几个男人分散开来，挨个检查水口子。

被驯服在水渠里的水逐渐平静下来，巡视水口子的男人看见哪里有被水冲开的迹象就赶紧用土修补，跳着用脚踩踏瓷实。罗山脚下的夜晚像一个巨大的怪兽，只有在水渠上穿梭的几束灯光提醒着人的存在。远处县城灯火通明，是不是生活在那里的人不用如此辛苦熬夜？干轻松的活计就能拿到钱养活自己，穿得体面干净，吃得随心所欲……女人盯着远处的灯火发呆，心也随着灯火跳跃得明快起来。

加固过的水口子不再渗水，一整块地被田埂分割成了八九个小块，一块地一个水口子。女人来回不停地巡视着，生怕哪个水口子再漏水，男人们聚在田埂上，一遍遍踩踏着田埂。稍不留意，水就会渗过田埂，串到另一块地里去了。等看见田埂周围渗水，那块地已经是一片沼泽状。看着地面上是干土，一脚踩过去，等反应过来拔脚出来，鞋就被留在泥泞里了。这会惹来一阵大笑。趁着水没泡透田埂，踩踏一遍是最好的预防方法，哪里不结实还可以再加固。

东方的天空慢慢泛白，黎明中的罗山像一个慵懒的妇人半倚在床，睡眼惺忪。天快亮了，早起的喜鹊踏着悠闲的步子在杨树枝上来回散步，不时练练声嗓，搔首弄姿一番。已经灌溉了多一半的土地，大家的脚步慢了下来，松懈一下紧张的神经。越挨近水渠越好灌溉，男人嘱咐女人回家叫邻居来接水，女人感叹邻居运气真好，可以白天淌田。这里的水二十四小时不停，只是一家挨一家的换人，轮到白天就是白天，轮到晚上就是晚上，只有水选择人，没有人选择浇水的时间。

一年的春灌就这样匆忙开始，又匆忙结束。再过一段时间，这片土地会换上新装，焕发蓬勃的生机……

春　耕

春灌像潮水一样迅速退去，留下一块又一块湿润肥沃的土地等着孕育种子生根发芽，给自己裸露的皮肤穿上衣裳。

太阳急迫地收干土地上所有的水分，刚五天，地皮已经泛白。种地的人掐好时间来看过之后准备种地。

农家肥在犁地时被散开深埋在土地里，有人嫌肥效不够，于是各种各样现代化的化肥大显身手。二铵、碳铵、尿铵、有机肥、复合肥、玉米专用肥……施来施去，最后大家一致总结，还是农家肥最好，肥效长，保墒。可牛羊一年就拉那么点，人只能望肥兴叹。今年给水头上几亩，明年给水尾上几亩，后年轮到中间。如此循环，只盼有个好收成。

每年种玉米都是一种困扰。想起刚搬迁到红寺堡时，一把铲子就是种玉米的唯一工具。右手先用铲子把土挖开，左手丢一粒玉米籽进去，又用铲子把土覆盖好，顺手抹平，就算完成了一粒玉米的种植。每家都有七八亩土地，这样一粒粒种下来，就是要挥动几万铲子才能完成一家种玉米的需求。

为了能在一天之内完成玉米的种植，大家相互合作，十几二十家的劳力凑在一起，排成行一起向前走，一铲子一粒玉米籽，一家种一天，倒也赶上了需要。只是人长时间蹲在地上，连续十几天，等玉米种完，腿肿了，胳膊手腕也肿了。

这样种下去的玉米出苗比较有保障，但是有一个弊端，人在刚灌溉过的土地上踩踏过，等玉米出来地干了，土地就像大路一样瓷实。锄草的时候更费劲，锄头根本挖不进去，严重的还会把锄头弹起来。

也有人设计了简单的机械种植，一根角铁等距离焊接了四个小犁头，把地划开十公分的小壕沟，人弯腰把玉米籽点在壕沟里，最后用耱把壕沟耱平，这样人稍微可以省点力气，但是出苗没有铲子种的好。再就是用原始的方式，一头骡子，一把木犁，扯开长长的壕沟，人把玉米籽一粒粒点在土塄上，点一塄空一塄。最后收耱保墒，这样种出来的玉米有一点好处，就是好锄。

好在社会一天天在进步，现代化的农具开始普及起来。旋耕机、玉米点播机逐步取代了人工，把人一点点从繁重的生产生活中解放了出来，让种玉米成了一件简单的事情。

春灌后，大车小车在田间穿梭。地皮泛白时，人站在地头一挥手，就能招来一辆旋耕机，不到一个小时，土地就像梳洗过的头发一样干净整齐。稍微再晾上半天，考察好谁家的玉米播种机播得好就预约。等约定的时间到了，玉米籽一背，去地里往播种机里一倒就不管了。玉米播种机在四轮车的带动下欢快地工作，划出整齐的行距延伸到了几百米外再折回，七八亩地两个小时就种完了。旋过的土地松软不说，还把刚发芽的草给旋死了，这样一来，锄地也就变得简单轻松起来。

种地变得简单，人与人也就没什么来往，曾经那种一二十人在一起劳动的场面消失了，每家的地里只剩下一个人在忙活，像一只离群的孤雁……

想起你的时候

想起你的时候，我正满头大汗地收拾一堆刺槐树枝，用镰刀劈掉那些细小的枝条，只留下粗壮的主干，准备把它们拉回家。一镰刀下去，枝条落地，在主干的青皮上留下一抹刺眼的白，这种白像手上生出的圆圆的鸡眼，一个一个不规则地排布在主干上。落地的小枝条在我脚下散落着，一层一层堆积。

我抡圆胳膊使劲挥着镰刀，一下一下，一根根树枝主干被整齐地修出来，堆放在路边。去掉小枝条的它们温顺地躺着，一根紧挨着一根。中午的太阳毫不留情地暴晒着，汗擦了一次又一次，嘴唇有些干裂，嗓子里似乎卡着什么，我不停地吞咽着唾液，却发现连唾液也越来越少。地上扔着半瓶矿泉水，瓶子外面糊满了土尘。可能是前一天干活谁扔掉的。我没勇气捡起来喝，但是口渴的感觉越来越强烈了。

劈树枝的动作慢了下来，看着眼前堆积着的张牙舞爪的刺槐树枝，我开始沮丧。抬头看了看刺眼的太阳，它还是那么不紧不慢地散发着灼热的光芒，我又抹了一把汗，扔了镰刀，把自己藏进三轮摩托车遮挡起来的阴凉里。口渴仍旧没有远离，抹掉戴着的胶手套，露出我被刺槐刺扎得伤痕累累的手。手掌上一个个鼓起来的小包上面有一个相同的黑点，那是被刺扎过后留下的证据，有的刺已经完全拔出来，有的刺头还残留在皮肉里。忙着的时候未曾注意这些小刺带来的伤害，此刻一闲，那些疼痛由点及面开始蔓延。刺槐的刺可能是有毒的，扎到哪里都是一种锥心的痛感。我起身，在散落的树头上寻找着更尖利的刺。那些刺密密麻麻地布满整个树身，人稍不留意就会被毫不留情地刺穿皮肉。而此刻为了挑出那些留在皮肉里的刺，我又不得不寻找更尖利的刺来帮忙。选好目标，小心地用拇指和食指捏着刺尖轻轻一掰，利刺从树干上被分离出来。我捏着这枚刺重新坐到阴凉处。

人被刺扎的时候是不知不觉的，只有疼痛反射给大脑的那一刻才惊慌失措。挑刺就不一样了，你已经在疼痛，却要忍着更大的疼痛把刺周围的皮肉刺破才能挑出来。先用尖刺挑开手上的一层表皮，让细肉里面的刺暴露出它的准确位置。我用利刺轻轻挑着黑点周围的细肉，只有把它们完全挑破，里面的刺尖才能露出来。利刺和细肉一次次地接触，疼痛也在一次次继续，细肉被刺尖高高挑起，承受不了时才裂开一点点小缝。直到刺尖周围的细肉全部被挑开，乱糟糟的一小片，再拨开这些纷乱的皮肉，把刺从肉里拔出来。想着比针尖还细小的刺头刺进血肉，就可以把疼痛传播开来让人不舒服，实在是一件奇异的事情。

我用这根利刺挑完了手上扎着的刺尖，弯起膝盖支着胳膊让手悬空，好让这种疼痛分散。我把头靠在三轮摩托车上，天空飘着几片云，轻轻飘荡却又默默变化着模样，我似乎看见你在云端冲我笑。一定是这样子的：你一定又在笑我太笨，把手弄得伤痕累累。明明知道要干活，却不知道带水。家里的柴火差不多就行了，你一个女人家家的，这样拼命拉那么多柴火干吗？你就是个傻女人，不知道自己心疼自己。

我突然也笑了，冲着云端的笑脸傻笑：亲爱的老家伙，你还好吗？我们已经很久不见面了，你还是那样爱笑，那样爱讲道理吗？

（原载于《罗山文苑》2015 年第 2 期）

农闲笔记（二）

摘枸杞

凌晨四点半，被闹钟吵醒的我爬起来喊我家妞起床。

她不耐烦地翻了个身，嫌灯光刺眼，一把扯来毛巾被蒙住头。我拉开毛巾被，看着她皱着眉头、龇牙咧嘴的表情忍不住想笑。继续喊她，起不起来啊？你昨晚说让我喊你。听见这话，妞一骨碌爬起来，带着哭腔问几点了啊，别又坐不上车！听见我报的点数没有超时，才慢条斯理地穿衣服。

妞不到十一岁，小学五年级。几天前就对我说她要跟着同学的妈妈去摘枸杞，说她同学一天挣二十几块钱，她羡慕死了。我听说那里是个人多、混乱的地方，坚决反对她去。可接连几天她都不肯放弃这个念头，一天到晚噘着个嘴。我今天只好停下手里的活计陪着她去。

带着睡眼惺忪的妞走在村道上，天上的星星还在眨眼，月亮像个红气球飘在西边的杨树梢上，给人一种夕阳西下的错觉。远处传来汽车打喇叭的声音，一次次撩拨着人的心情，我们不由得加快脚步，生怕被车抛弃。赶到车旁，一辆小面包车，车上已经坐了六七个人。妞扯着我挤上去，本来以为这就要走了，可司机还在狂按喇叭，等了一会儿见没人，就发动车在村道上绕起来。我问旁边的人怎么还不走，一个丫头撇嘴说，这才拉了几个人啊，满了就走。我说已经满了啊。昨天这车拉了十五个人呢！这丫头一边说一边看着我一脸吃惊的表情抿嘴笑着。

转了一圈，车上拉了十三个人，大人孩子挤得满满的，司机还在左顾右盼地观望，直到没有指望才缓缓发车离开村庄。这时天已经微明，我才看清楚这辆车居然是曾经的那种“天津大发”牌小面包。距离我上次见这种车已经十几年了。

后排座上三个人的座位，拆掉靠背后，背靠背坐了六个人。其余七个人用各种姿势挤在其他四个座位上，连司机十四个人。是老牌子的车也就不说了，起码新一点也好啊。车一走，车上的各个部件都发出不耐烦的声音，后面的车门好像随时要掉了的感觉。面向后门坐着的三个人有些焦虑地盯着后车门。我转身叮嘱他们扯住前面人的衣裳，别车门真开了把人甩出去。司机一个劲地给我们宽心，说车门保证不会开。

在心惊胆战中坐着这辆车行驶了二十多分钟，总算看见摘枸杞的地方，就在大家松了一口气的时候，后车门恶作剧般地翘了起来，后面的三个人大声呼喊快停车。好在司机开得不快，一下子就停了下来。他嘟囔着下车来关，关了好几次都没关好，最后踹了两脚才关了车门。又开了五分钟到达枸杞地里。

大家逃跑似的冲下车，赶紧去抢小水桶。只有抢到水桶才能摘枸杞。老板站在地头等着，等大家都拿到水桶才安排怎么摘枸杞。看着一颗颗红果果娇艳地挂在低矮的枸杞树上，我觉得新奇，同时也发愁，那么小的颗粒，要一颗一颗摘，摘一斤一块钱，这一早晨能挣几个钱啊？

枸杞树整齐地排列在地里，横行、竖行都是一样的距离，每棵树都红绿相间，有的红色多于绿色，一根根小枝条上错落地挂满了红色的枸杞子，像用红珠子穿起来的门帘，围成一圈。摘的人就要把这些小枝条拎起来一颗颗摘掉。老板分配了摘的任务就不管了，一群人三个一组、两个一伙地开始围着一棵树摘了起来。

我和妞是一组，她摘一面，我摘一面。这时没有人说话，都全神贯注地摘枸杞。我感觉自己手不是手脚不是脚的，一颗枸杞三两下也摘不下来，再看旁边一起来的人，人家桶底都已经被枸杞覆盖了。连我家妞都摘得比我快。

枸杞大一点倒还好摘，可偏偏也会有小不点，遇见这种的，摘枸杞的人只能大呼倒霉，又难摘又没数量，可没办法，摘了好的，不好的也要摘啊。十点钟，别人都摘了快两桶，我才一桶满。提过去称称，十斤半。也就是说我才挣了十块五毛钱，妞的卖了八块。

我有些沮丧，要是干小时活，这会儿也挣二三十块钱了。和妞抱怨，妞说没事，你就当来看看这儿的风景。我只能白眼翻她。

摘得不行，心思也就不在这儿了，抬眼望去，这片地里到处都是人，上到七十多岁老太太，下到三五岁的娃，女人就不说了，连大老爷们都在摘枸杞。今年外出务工的人大都没活干回来了，可生活还要继续，所以男人也来摘枸杞。

一个老太太拎着板凳坐着摘，旁边可能是儿子和儿媳妇，还有一个小孙子。小孙子被太阳晒得脑门上全是汗，不过他一点都不闹腾，依在奶奶身边吮着手指咿呀咿呀地说着什么，老太太一边摘枸杞一边哄着小孙子，儿子儿媳手忙脚乱地采摘，旁边已经放了三桶枸杞，看来人家今天早晨收入不会太差。都说摘枸杞胜在人多，人多才能挣钱，这是事实啊！我看着妞晒红的脸和桶里不多的枸杞，心里满是哀叹。

引起我注意的是一个女人带着的三个孩子，像台阶一样依次排列，大的有七八岁，小的顶多四岁，拖着鼻涕一颗颗摘着枸杞，手上被枸杞树上的刺划出一道道白印，纵横交错。远处传来卖东西的吆喝声：麻辣条、方便面、矿泉水……小孩子说，妈妈我要吃方便面。话刚出口就被那女人一巴掌扇回去了：一早上摘了几把枸杞你要方便面？赶快好好摘，不然看我不打你。孩子委屈地闪着泪花继续摘起了枸杞，眼睛却不时冲着买东西的那里张望。妞有些吃惊地看着我，小声说，妈妈，那个娃真可怜。我怕那个女人听见，用眼神示意妞不要再说。

老板家的孩子似乎不少，盯人的、监工的、过秤的、运输的，都有。盯人的那个不时丢出几句警告的话：摘干净，大小都摘了，不要把叶子带下来，不然过秤的时候扣钱，不然就不让你们摘了，不然不给你们工钱，不然……我看见好几个女人翻着白眼瞪她，对着她的背影低声骂着，可一会儿她又飘过来继续威胁警告一番才算完。如此反复，她咋就不累呢？一个老太太感叹：下苦的人，看脸势啊！你以为人是看你的脸势，人是看钱的脸势才来受你的气！

给了妞五块钱，让她去买点吃的来，或许是妞被那个娃的事情惊到了，居然只买了一瓶矿泉水和一袋方便面。我让她再去买点别的，她怎么都不去。

两点多，这家的枸杞总算摘完，我和妞一共挣了三十七块五，除过妞买东西的五块，还剩三十二。一起来的人家一个人挣三十。

老板给早晨那个开“天津大发”的司机打电话让送我们回家。一起来的人面面相觑，那样一辆“历史悠久”的车，还敢坐吗？说话间，那辆车呼啸而来，我们硬着头皮又挤了上去。鉴于早晨后车门突然开了的情况，这次后面的人紧紧抓着前面的人衣服不撒手，摇摇晃晃中启程回家，一路上，后车门又开了三次……

回到家已疲惫不堪，我郑重地警告我家妞：“再和我说去摘枸杞我也拿巴掌扇你……”

戴了鼻环的牛

挣开缰绳束缚的牛在狭小的牛圈里撒着欢，踢得牛粪四溅，缰绳被扯得四分五裂，沾满牛粪，一遍又一遍被牛踩踏，直到埋入厚厚的牛粪中。这还不算，旁边的同伴也成了它玩乐的目标，一会儿拿犄角顶，一会儿用蹄子踢。另一头牛忍受着它的疯狂，不敢有大的动作来反抗。因为它的鼻子上穿着小拇指粗的鼻环呢，稍一用力，就是钻心的疼痛。比起鼻环扯出的疼痛，同伴的蹄子踢过来根本不算什么。

牛折腾累了，牛圈也被它弄得一塌糊涂。明子进来添草时，看见凌乱的牛圈火就冒了出来。这已经是这头牛第七次弄断缰绳了。一直没舍得给它扎鼻环，没想到这家伙越来越闹腾了。

明子扯了一根绳想拴住它，可它故意站得远远的不过来。明子挖了半碗麸料撒在牛槽里，牛经不住诱惑挪过来舔，明子拿准备好的绳套挽住了牛犄角。牛甩着屁股拼命向后扯，明子把绳紧紧在杠子上绕了几圈，一牛一人就这样对峙着。

牛又一次被拴起来，明子这次没有给它重新挽缰绳，而是坐在阴凉处削起了一根木质比较硬气的木棍。刀子一次次刮过去，木棍的一端开始尖锐起来，直到无比尖利时，明子才放下手里的刀子。翻箱倒柜找出给牛特制的鼻环，用小铁棒扭出来的，形状像大半个门环，一大一小，两头扭了扣套起来便是一个对称的铁葫芦。明子一只手端着半碗食用油，另一只手提着鼻环和削好的木棍走向牛圈。

犄角被拴住的牛还在调皮，用头拱着同伴的脖子玩。明子来到牛跟前使劲扯住缰绳想让牛头离自己近一点，可拴在犄角上的绳子根本控制不了牛头，来回拉扯了一阵，牛占了上风，只好松手。明子一看不行又找来绳子拴住牛犄角绑在另一边的木桩上，同时又给牛挽了一个简易的缰绳。这次是从牛嘴巴旁边掏过去，牛头一下有了控制。

牛被三根绳子拴住了头，让它没有大的活动空间，明子把鼻环解开，一端用食用油涂抹了一遍放在牛槽边上。右手拿着削尖的木棍，左手试图抓住牛鼻子。牛两侧鼻孔之间是一层薄薄的脆骨，给牛扎鼻环其实就是要刺穿这层脆骨把鼻环穿过去，让牛受到限制不敢有太多的活动，这样喂养起来就轻松许多。

他试探了几次都没有抓住牛鼻子，总是在就要抓住的瞬间被牛巧妙躲开。而几次的试探也让牛恐惧起来，开始奋力挣扎，试图甩脱头上的绳子。牛像马一样前蹄腾空了几次，左右扭着身子，愤怒地甩着头，可三根绳子足以把它拴住，它所有的挣扎都是徒劳的。

牛在挣扎中把绳子勒在了自己的右眼上，疼痛让牛终于慢了下来，明子乘机用左手拇指和中指掐住了牛鼻子里的脆骨，右手执着木棍的尖利部分朝最薄的那部分刺过去，第一次因为牛的挣扎没刺穿，只好刺第二次。牛被极致的疼痛袭击，痛苦地张嘴哀嚎起来。第二次成功刺穿，鲜血顺着牛鼻子流下来，沾染在了明子手上和木棍上。拔掉木棍，拿过来鼻环穿过去，牛疼得四蹄撑得紧紧的一动不动，只希望这种痛苦尽快结束。

鼻环穿进了牛鼻子，明子又抹了些食用油来回活动了一下，用细绳子固定好鼻环，拴好缰绳，牛的痛苦总算结束。明子满意地看着自己的杰作，这下再也不用担心牛扯断缰绳了。解开三根绳子束缚的牛头，牛的右眼被绳子勒得红肿，不停流泪，牛伸出舌头舔着自己鼻子上的血，抚慰着被刺穿的鼻子，也适应着鼻环在血肉中的存在。

我哭泣的不过是一只羊

我蹲在一只小羊面前，任鼻涕眼泪顺着下巴跌在地上，摔碎溅开，消融在泥土里。摔落的泪滴反复重叠，把地上浸湿了鸡蛋大的一片。

几只大羊用庄严的表情看着我，也许它们脸上不是庄严的表情，只是被我哭泣的样子惊吓到了，又或许是它们的空间多了一个我，它们有些不知所措……在这样一个下午，我和羊待在羊圈里，大羊看着我，我看着小羊，我们都沉默着，无法猜想彼此的心思。

我面前的小羊是今年羊羔里面最好的一只，雪白的皮毛覆盖着它线条优美的身体，眼睛周围的毛色是棕黄的，个子比同龄的羊羔高出许多。我满怀希望地想象着将来它繁衍生产的羊羔会和它一样漂亮，或者会比它更出色。然而此刻，它站都站不起来，慌乱地喘息着，目光呆滞，像久病的人一样无力地靠着墙，勉强支撑着脑袋，张望着羊槽里的干草。卷曲整洁的皮毛上沾满了草屑和羊粪，让它的形象颓败慌乱。

我把它揽进怀里，想抱它站起来去羊槽边吃口草，它颤抖着勉强撑住四肢，头无力地靠在我怀里看着干草，虚弱地眨着眼睛，眼睛里闪烁着无能为力的神情。我不敢松开手，怕它又一次摔倒。羊毛和草屑蹭了我一身，而它实在是站不起来。我轻轻把它放倒，还原了它原来的姿势，希望它能舒服一些。

我一把一把掀开羊毛寻找着它身上的伤痕，除了粉红色的皮肉，找不出一点外伤，可看它的样子似乎不行了。我心里闪过无数个念头，给它吃点止疼药或者消炎药会不会有用？它痛苦的样子，宰了它是最明智的选择。可是它才八个月大，是几只羊羔里面最好的一只。想起这些，我的眼泪又不争气地流了出来，我一只手托着小羊的脑袋，另一只手抹着自己的眼泪，此刻的我和这只小羊一样无助。其他羊继续用我不懂的眼神看着奇怪的我，羊圈里难得地安静起来。

以往它们多不安分啊，有草的时候咩，没草的时候也咩，听见人的脚步声咩，看见人在院子里还是咩。它们无时无刻不用叫唤吸引着人的注意，提醒着人不要忽略它们的存在。久了，羊的叫唤成了噪音，让喂养的人无比烦躁，忍不住想揍它们那张爱咩咩的嘴。这只小羊就是被羊群的咩咩声所殃及，搅草的棍子落下时，别的羊四散逃离，倒霉的就是它了，一棍下去，敲在它的脑袋上，它便倒地抽搐起来。

羊群此时继续沉默，我无从猜想它们的想法。但是它们的确不再叫唤，像一群惹了是非的长嘴妇人一样远远围观着这只站不起来的小羊，猜想着最后的结果。

羊群的沉默让我气愤，小羊奄奄一息地躺着，头已经抬不起来，羊粪和草屑沾上了它的嘴唇和鼻子。除了继续抹眼泪我不知道自己能干吗。

看着它越来越虚弱，我去找打它的人，拜托他去请个人来宰了小羊。他躺在床上面无表情地闭着眼睛，不耐烦地拒绝了我的要求。他不去，我固执地站在床边不肯走。

他半躺在床上，眼睛看向窗外，我站在他对面，愤怒地盯着他。我们的对峙足足进行了二十多分钟，我的固执让他忍无可忍，他翻身起来去请人。我枯坐着，任鼻涕眼泪把我包裹，因为我不确定他会不会请人来。

不一会儿，他领着两个人进来了，一个是宰羊的人，一个是邻居。他不好意思地和人解释他失手打了小羊的经过，那两个人也觉得惋惜。我松了一口气，不再哭泣。

宰羊人的手里提着一把短刀，明晃晃的，他们三个人奔向羊圈，羊群惊恐地挤成一团，把小羊孤零零地暴露在羊圈的空旷处。虚弱的小羊被他提着前腿拎了出来。宰羊人用左手拇指指甲盖试了试刀子的锋利程度，满意地挽起袖子准备宰小羊。

这把刀切开小羊脖子底下的皮肉，宰断它的喉咙，带出淋漓的鲜血，喷溅在了地上、刀柄上，以及摁着小羊的不让它挣扎的那只手上。小羊的皮毛战栗抖动着，羊粪和草屑落了一地，在刀子拿开的瞬间蹬了一下蹄子，像是和羊妈妈道别。小羊蓝莹莹的眼睛半闭着，安详，宁静……院子里弥漫着淡淡的血腥味，惹来一只野猫蹲在墙头偷窥。

小羊被宰掉了，我的心暂时平静了下来。邻居正在剥皮，而接下来剔骨切肉的事情由我来做。

我哭泣的不过是一只羊！

剪羊毛

我一推开羊圈门，几只羊像商量好的一样开始叫唤。我挨个打量着它们，思考着应该先捉哪只。

天气一天天热了起来，替羊剪掉积攒了大半年的羊毛是每年这个时候的必修功课。可我从来没有剪过羊毛，愁啊！去年的羊毛是好几个人帮着剪的，今年就没这么好的运气了。等别人家的羊毛都剪掉又长出来了，我家的羊毛还在羊身上。今天我是痛下决心：不就剪个羊毛吗？别人能剪我也能剪。

心里这样想着，可真正看见这几只羊，我还是有些忐忑和犹豫。儿子站在我身后给我壮胆，我扳着羊圈门和他商量先捉哪一只。儿子皱着眉头噘着嘴质疑我：你又没剪过羊毛，你行吗？万一把羊身上剪烂了，羊得多疼啊！听着他的质疑，我倒是不犹豫了，让他站门口堵着，我进去捉羊。羊以为我像平常一样要给它们添草，一个个朝我跟前挤。我眼疾手快地捉住了那只瘦羊的耳朵使劲拽住往门口拖。被我突然抓住的它变得极其惊恐，低着屁股拼命向后退。可它哪是我的对手，它极不情愿地被我拖到门口。儿子一看我拽羊耳朵，又是一阵嘟囔，嫌我对羊太暴力，连忙跑到羊屁股后面搡着羊前进。这样羊耳朵受力就没那么大了。

我们俩把羊拖到树荫下，我弯腰抓住羊的两只前腿，儿子蹲着抓住后腿，准备把羊放倒在地。他又开始嘟囔，让我慢点，把羊身子托住，别把羊摔着。我给了他一个大大的白眼，按他说的把羊轻轻放倒。我按着放倒的羊招呼他赶紧拿准备好的细绳子来扎住羊蹄子，不然羊挣扎着没法剪毛。

两个前蹄和一个后蹄被交叉捆住的羊无奈地接受了这个现实，不甘心地抬起头看着我，不知道这样绑着它要干吗。看着儿子递过来的剪刃细长的剪子，我又开始犹豫，这应该从哪里下手啊？

看着我迟迟没有下手，儿子用手抚摸着羊脖子给了我一个白眼，然后说：“我可怜的羊羊啊，你可下手轻点！”我不服气地瞪了他一眼，不管了，从肚子上开始剪吧，记得去年别人剪的时候就是从肚子上开始的。

轻轻用左手拽起一撮羊毛，把剪子贴上去，瞅着没有皮肉，右手用力，“刺啦”一声，羊毛应声而落。用同样的方法剪掉了羊肚子上零散的羊毛后，我松了一口气，剪羊毛也不过如此嘛！在羊肚子上剪开一个缺口后，羊毛就是一层一层的，左手向羊背轻轻按住羊毛，细长的剪刃穿进按倒的羊毛里，一下一下，羊毛像翻飞的棉花一样脱离了羊的皮肉，这个过程和给羊脱衣服一样。

我越剪越顺手，甚至有些得意忘形——我会剪羊毛啦！突然感觉羊的身体抽搐了一下，儿子的嘟囔在耳边响起：“让你小心小心，你不小心，你看你把羊身上剪多大个口子出来。”我一看可不是吗！羊腿上一个白色的口子像鱼眼睛一样瞪着我。我连忙给儿子赔笑脸，失误了。儿子不满地噘着嘴，在地上抠了点土研碎撒在羊的伤口处。剪完一面后，我和儿子又把羊抬着翻了个身剪另一面。一只羊剪了快一个小时才剪完。解开绳子时，羊半天都没反应过来，呆呆地卧着，儿子拍了一下羊屁股，羊才一骨碌翻起来，狂奔进了羊圈。

接下来的几只羊剪得比较顺手，只是在儿子一再地嘟囔下，怕伤害到羊，我剪得比较粗糙，等全部剪完我站在羊圈外面一看，乐了：那只黑羊脖子一边剪了一边没剪，大个子的尾巴直接被忽略，瘦羊的肚子底下还有一圈毛，公羊的腿毛还一撮撮的……每只羊不同程度地带着伤。恰好一个搭档来串门，看见我家这几只羊的新造型后哈哈大笑，问我，你这是拿剪子剪的还是拿牙齿啃的？

羊儿们啊，实在抱歉得很，下次，下次我一定给你们剪好……

（原载于《朔方》2016 年第 3 期）

我们苦中作乐的生活

红寺堡的三月，并没有江南那种早春如画的情景。多风，清冷，一片苍凉。早晨六点半，当别人还在梦中的时候，我和几个搭档已经吃过早饭，喂好牛羊，准备去棚区打零工挣钱了。

自 2007 年村子东边闲置的土地被政府开发，搞设施农业，修建了几百座种植蔬菜的温棚，引进甘肃靖远会种大棚的农户来宁夏落户后，这片土地就忙碌热闹起来，只要农闲时节，我和一群搭档都会去打零工挣钱。工资只有一小时五块，可在这个经济并不发达的地区，为了生活我们没有选择的余地。“人活着就得生存，少总比没有要好。”这是我经常用来劝说那些抱怨工钱少的搭档的一句话。

七点钟我们出了家门，一般走二十多分钟就到棚区。这段路程是比较喧闹的，每天到棚区打工的人不下一两百。三个一组、五个一群地结伴而行……六三娘是搭档中年龄最大的一个，她笑称自己是老四十二，可她实际年龄只有三十八，她一直是个态度积极、幽默、乐观的女人。其他几个人年龄都差不多，我是她们中年龄最小的，也是最爱开玩笑的一个。出去干活一直是我分工钱，所以她们不喊我名字，而是叫我“领导”。

一直向东走了五分钟的石子路，出了村子，通到走棚区的水泥路。这时的太阳就像被孩子撒了手的红气球一样，从罗山顶上羞涩地升了起来。一抹朝霞映红了东边的天空，让人心里生出一种温暖和喜悦。看见平坦的水泥路我撒开腿奔跑了一段，转身笑着对大家说：“今天天气真好，看来我们在棚里的日子又不好过了，趁现在还凉快，我给你们唱首歌怎么样？”

没等大家同意，我就扯着嗓子唱：妹妹你大胆地往前走啊，往前走，莫回呀头……还没唱完，搭档们就不乐意了，七嘴八舌地开始抗议：

“我们都是你嫂子好不好？还妹妹，不想混了纯粹。”

“别嚎了，把狼都快招来了。”

“就是，一点都没个女人样，你老妈那时怎么不把你生成男孩？”

“哈哈，她要是男人兴许还是个好男人呢。”

我听见这句话不唱歌了，转身一只手叉在腰上，一只手指着她们很男人化地说：“我要是男人就把你们几个都娶了，做饭的，洗衣服的，捶腿的，剩下的都给爷挣钱去。”

“看把你美的，谁嫁你，谁就是在鸡窝底下睡觉呢，眼睛让鸡屎糊了才嫁！”一个搭档故意恨恨地说。

“嘿？你这败家的娘们儿，我要是男人也是顶帅的男人，还能委屈你吗？”

看着我们斗嘴，六三娘发话了：“哈哈哈，你就安安稳稳做你的女人吧，娶那么多你拿什么养活？”我一下子跳到六三娘的身边搂着她的脖子撒娇：“嫂子啊，我知道你最疼我了，下辈子你嫁给我好不好？我一定给你吃好的，穿好的，一定不让你像这辈子这么辛苦，行不？”六三娘被我的话逗得大笑不止：“这家伙就知道要赖，真是个大孩子，三十几了还没正经。”几个女人一起笑骂，连路边的桃花都被我们的笑声感染，在初升的太阳下欲发的娇艳。

就这样笑着闹着进了棚区，今天的活是摘辣椒。几年过去了，这些活我们已经干得很熟练，在老板那儿拿了编织袋就进菜棚。进棚后脱掉外衣，挂好干粮袋后开始干活。没见过大棚里种辣椒的人是无法想象那种场景的。指头粗的辣椒主干有十公分高，主干上又分叉长出四至七个分枝，挑大的四个枝头用毛线掉在棚上方拉好的钢丝上，把枝头绕在毛线上，让辣椒树顺着毛线向上生长，边生长边结辣椒。

由于大棚水肥足，温差不大，十天半个月就结一茬辣椒，然后一层一层地采摘，最多一年可以采摘十二次。到最后，辣椒树可以长到两米多，我们以前在旱地里种的辣椒最高不过五十公分，上面结的辣椒也是少得可怜。谁能想到现在的辣椒居然会像葡萄一样一串串地挂在树上？一棚辣椒要用成捆的编织袋来装，不得不让人感叹科技的神奇。

我们摘的这是第四茬的辣椒，辣椒树还不到一米，可辣椒已经不少了，一行可以摘半编织袋。八点钟棚里的温度还是很舒服的，不过随着时间的推移会越来越热，九点半这个棚的辣椒摘结束时，温度已经到了三十五摄氏度。没通风的棚里更显闷热，大家的脸上开始有汗了，把辣椒从棚里背出去以后，我建议大家吃点干粮继续摘剩下的两棚。

所谓干粮就是馒头和水，坐定之后六三娘有点神秘地对大家说："我给你们带好吃的了。"几个女人一听都盯向了她的包，原来是土豆卷，大家都高兴坏了，没等六三娘分，几个女人就一人抢了一个吃起来，边吃边感叹："哎呀，忙死了，很久都没吃过土豆卷了，真香啊！"

"就是，买的馒头把人都吃傻了。"

十几个土豆卷不到一会儿就被吃了个精光，大家一起夸赞六三娘的厨艺，除了好吃还是好吃啊！吃完休息了一下，喝了点水，我便催促大家进棚干活，不然一会儿棚里的温度能把人蒸熟。

一进第三棚，就感觉到让人窒息的热了。幸好棚上的风口开着，进到棚中间没有门口那么热了，这样的温度下，谁都不想说话，棚里只剩下摘辣椒的声音。脸上的汗一大滴一大滴地狠狠地砸向地面，刚擦掉一把又流出一把，汗水迷得人眼睛都睁不开，流到嘴里连咸味都没有，似乎刚喝下去的水立马变成汗又出来了。大家的后背和袖子都湿湿的，连裤腰都被汗湿透了。

熬到十一点，这个棚总算摘完，没摘辣椒的棚还剩下一个。天气太热，搭档都不想再进棚去，老板一看着急了，商量着请大家帮帮忙把最后一个棚摘出来，不然明天贩子不收了怎么办？可今天天气实在太热，搭档们都有些迟疑。我用眼神征求六三娘的意见，六三娘会意，开始做大家的工作：

“姊妹们，还是干吧，回家也是闲着，孩子上学要生活费，咱们还要买米买面呢。我给老板说让放一层帘子遮一下，我们也是为挣钱。”

老板也赶紧说给买矿泉水去，然后放一层草帘子，让大家坚持一下帮个忙。大家都有些犹豫。我笑着说：“干吗啊都，干不干一句话，又不是上刑场，有那么难吗？”最后几个搭档总算同意，再摘一棚。老板说他去买水，让我和六三娘帮忙放草帘子，其他搭档先休息一会儿。六三娘先攀上菜棚，我爬到一半踩错了脚印上不去了，我喊她：“嫂子，看在钱的份上拉我一把吧？”六三娘转身一看佯装大怒：“长了两条矬腿，还想一步登天，就这样子在棚上挂着去。”骂归骂，最后还是把我拉上去了，惹得棚底下的搭档大笑。

我和六三娘七手八脚地推下去了一层草帘子，十几分钟后棚里的温度有所下降，老板给每人一瓶矿泉水。喝完水大家硬着头皮进棚，一层草帘子遮挡了大部分的阳光，棚里的温度骤然降了十几摄氏度，这也让大家的情绪稳定了很多。摘完这最后一棚已经十二点多了，水泥路上倒满了摘出来的辣椒，像小山一样堆着。我们接下来的活就是把这些辣椒包装好，码放整齐。连续出汗，让搭档已经很疲惫，可这些活是必须要干完的。经过一个多小时的手忙脚乱，我们终于结束了今天的活。老板过来和我们算了工钱，都给了我一个人，让我回家分，我大致算了一下，一个人能分四十。

终于走在回家的路上，干粮袋子和水壶被其他两个搭档拿着，“好累呀！”，我把头靠在六三娘的肩上斜斜地拽着她的胳膊走，她推着我的头大笑：“走开，挤在人跟前热死了，回家和你男人说累去。”其他人大笑，我才不管呢，觉得脚疼得厉害，就把鞋袜脱了走在水泥路上。搭档们笑我：“你就二吧，让别人看见看你羞不？”我不以为然：“要他们看干吗，我觉得舒服就好！”

不知道谁出的主意，她们一起跑了一段路，把我远远地甩在了后面。我赤着脚不敢跑，急得大喊：“你们等等我好不？还想不想要工钱了？就不能对我好点吗？”

“哈哈，这家伙老用工钱威胁我们，明天咱们不让她拿工钱了，看她还拿什么威胁我们？”

“哪天惹急了，我们几个一起狠揍她一顿，开除了算了，看她给谁当领导去？”

“就是，老嫌我们对她不好，把她的东西扔给她让她自己背着。”

……

骂归骂，我的水壶和干粮袋却始终没有扔给我，我们就这样笑着、闹着、骂着结束了一天的辛苦，第二天又开始新一轮的奔波……姐妹们一起坐着闲谈的时间都很少，大家都说什么时候能一觉睡到天亮，在家闲两天，穿两天干净的衣服，吃点像样的饭就知足了。可是不行，我们都在为这样或者那样的不得已，一身汗一身泥地奔走，用我们开玩笑的一句话说：活得人不像人，鬼不像鬼！

可大家的心是快乐的，因为有个搭档一直在说：再苦再难也要坚强！是啊，再苦再难都记得微笑，记得快乐，记得坚强……

瓜女子

我第一次见这个女孩时她才七八岁，有点痴傻，头发像乱草一样，脸上的表情像历史书上看过的北京猿人，有点突兀和狰狞，身上的衣服还算干净，可不知道她是吃饭的时候溅上的汤汁，还是在哪儿玩水沾染的水渍，这一片那一点的留着印痕，让人看起来极不舒服。早晨你看她穿着袜子，等下午就不知道袜子去哪儿了。除了她的母亲，没有人喊她的名字，“瓜女子”是大家对她共同的称呼。开始还避讳着她的母亲，久了连小孩子都这样喊，好几次因为这个称呼她母亲和人吵得不可开交，但吵完别人还是这样称呼她。

瓜女子的眼神很清澈，会那么一直盯着别人看，总是若有若无地冲人微笑着，你要是以为她和善那你就错了，你盯她看得久了，她会突然攻击你，不是狠狠地掐你一把，就是挥着拳头打你一下，手上的力道之重绝不像她这个年龄应该有的。特别是和同龄的孩子在一起，更是攻击得厉害。我女儿曾经最怕的人就是瓜女子，只要看见她就会大哭着朝我怀里钻。

那年开学，瓜女子的妈妈给她报名让她上学，可刚一个上午就被校长送回来了，说瓜女子打败全年级无敌手；有些学生家长直接找到办公室，说如果学校接收这个女子，他们的孩子就不去上学了。校长无奈之下只好把这女子送回来了。村里人也都知道这家的女子有点瓜。

瓜女子就这样出名了，别的孩子在学校接受教育的时候，她只能游荡在村子里，寻找属于她自己的快乐。今天折了东家新嫁接的果树条，明天拔了西家还没结果的西红柿；今天打了邻居家的孩子，明天又敲碎了谁家的玻璃。一时找瓜女子她妈告状的人接二连三。瓜女子的妈也是好面子的人，该赔偿的赔偿，该道歉的道歉，该和人家吵架的吵架，有时候就差没和别人大打出手了，因为凡是谁家有损失，大家第一反应就是瓜女子干的。瓜女子的妈当然不干，自己的娃就算瓜，也不能让人随便冤枉。

有时候她妈被邻居们找烦了也生气，一边哭一边会打瓜女子一顿。可这女子也就当时被打疼了能消停一会儿，等疼过照样该干吗干吗。曾经一段时间，这个女子似乎成了村里的一种负担，人人提起都是厌恶的表情，大人孩子敬而远之，甚至有母亲哄哭着的孩子时，说一句瓜女子来了，那娃立马就止住哭声，一脸惊恐。

瓜女子就这样游荡了三四年。村里人都疑惑，现在医疗条件这么好，瓜女子家怎么就不给这女子看看啊，现在还小没什么，将来大了可怎么好？后来熟悉他们家的人说，瓜女子不是这两口子亲生的。大家意味深长地拉长了声调哦了一声。可接下来的讲述让所有人唏嘘不已。

原来瓜女子她妈结婚后不生育，求医问药好几年都没有孩子，后来有人出主意说不如抱养一个。村里有这样的习俗的，说是不孕的夫妇抱养别人的一个孩子就会招来自己的孩子，这个说法准不准确谁都不知道，可是瓜女子的妈自从抱养了瓜女子后居然怀孕了，而且连续生了一儿一女。瓜女子的父母特别开心，认为瓜女子给他们带来了这两个孩子，对瓜女子也和亲生的儿女没什么区别。

一家人喜事连连的时候不幸也随之而来，瓜女子越长大行为越和正常孩子不一样。夫妇俩也曾经带着瓜女子没少求医问药，可孩子始终没有正常起来，偏激，易怒，思维混乱，容易攻击别人。医生也说不出个所以然，家里也就放弃了。

瓜女子的妈说起她女儿也十分无奈，为了少让她在村里闯祸，她只要出门就会领着瓜女子，就算打工也用摩托捎着，尽量不离开自己的视线，这时候瓜女子似乎就不瓜了，她一会儿喊：妈妈，你喝水吗？一会儿又问：妈妈，你吃馒头不？她妈妈怕她胡跑，安顿让她坐在田埂上她就安静地坐着，不吵也不闹。如果她妈休息了，她会第一个跑去拿她们的干粮袋子，把水递给妈妈。

一起打工的女人也有好心的，有什么好吃的也会给瓜女子，这时候的她会特别开心，抱着人家的胳膊一边摇一边有礼貌地喊人家，“姨姨”。如果再给她一把自己炒好的瓜子，她会开心地大笑，一边吃一边说：谢谢姨姨。吃的两个嘴角泛着白沫，瓜子皮挂在下巴上，眼睛笑得都眯起来了。这可能是她最大的乐趣吧。看着她满足的表情，一群女人有怜悯的，也有不屑一顾的，更有一脸鄙夷的。可这些都和瓜女子无关，她在她的世界感受着她的快乐，仅此而已。

给瓜女子给过瓜子的女人她会牢牢记住，下次见了会伸出手：姨姨，给瓜子！久了终究惹人厌烦，总会招来白眼和呵斥，瓜女子始终没有记性，再见了还是会要，久了谁也不想理瓜女子，她又开始了孤独的游荡。

那天有事去学校附近，突然看见瓜女子趴在学校铁大门的栏杆外，痴痴地望着操场上上体育课的学生，半张着嘴，口水都流出来了。她一动不动，如同一座雕塑，眼神追逐着奔跑着的孩子的身影，满是羡慕和向往。后来我多次路过，都看见她趴在栏杆上张望的身影，并痴痴地傻笑着。

时间一天天过去了，瓜女子还是不停地闯祸，不停地惹人厌恶，一个人孤独地徘徊在校园门口，一个人寻找着自己的快乐……

二愣老汉骑车记

二愣老汉坐在屋檐下，中午的太阳火辣辣地烤着大地，刺眼的光芒让他只能睁一只眼闭一只眼。此刻的他满腹心事，歪着脑袋打量着院子里的三轮摩托车，心里嘀咕：车都买来半年了，我问了很多人都说我能骑三轮车，就她娘俩不让我骑，这不是欺负人吗？人家满大路的女人娃娃都骑上跑呢，凭什么我就不能骑？总有一天我要让你们看看我的本事。二愣老汉恨恨地想着。

车刚买来，二愣老汉就闹腾着要骑，儿子拗不过他，只好让他试试。兴奋的二愣老汉拖着他那四十几公分的短腿，爬上摩托车的驾驶座，儿子看着一米四几的父亲像个小丑一样骑在摩托车上，心里满是担心，可又不好再说什么，只能大声叮嘱耳聋的父亲怎么挂挡，怎么加油，怎么用离合……二愣老汉也不知道听进去了多少。一摁电子打火，摩托车“突突突”地发起来了。儿子指挥着让他加油、挂挡、起步，二愣老汉一把油，三轮摩托车的声音顿时和赛车有一比。儿子心里有苦说不出：这可是新车，这么加油活塞容易坏掉。摩托车继续像牛一样嘶吼着，二愣老汉一松离合，“刺啦”憋死了。再打火，再加油，一松离合又憋死了。这样来回折腾了有十几分钟，摩托车终于被二愣老汉骑着跑起来。他的心也随着摩托车飘飘然：看谁还敢说我不能骑车？可他这种得意还没持续一分钟，就被门前的那棵柳树给狠狠地掐灭。这个二愣老汉，出了大门不知道拐弯，直接就奔着对面邻居家那棵碗口粗的柳树去了，摩托车被撞得熄了火。那棵柳树露出的白森森的树干哀怨地看着二愣老汉：您骑个车，至于和我过不去吗？再看摩托车，前大灯脱离了原有的位置耷拉在前轮上，挡风板也被树顶了一个坑。所幸二愣老汉没事，还傻傻地坐在驾驶位上迷糊：明明骑得好好的，咋就碰树上去了呢？儿子一看老爹没事，虽然心疼摩托车，也没敢多说什么。第二天骑到修理铺，花掉了一百多。

二愣老汉被老婆一阵痛骂，几天都没给他好脸色。可他心里还是不服气：就你个女人看不起人，不就个烂车嘛，看我哪天骑给你看！因为这件事情，家里人都反对二愣老汉再骑三轮摩托车，都刻意把车钥匙藏着。二愣老汉想表现一下自己能力的愿望始终没有实现。

这一天，二愣老汉家就剩他和两个孙子，他一看骑车的机会来了，对两个孙子又是哄又是吓唬，逼问车钥匙在哪里。起初两个孩子谁都不肯说，可后来经不起二愣老汉给一块钱的诱惑，大孙子把钥匙找出来给了二愣老汉。他这次学乖了，哄着两个孙子和他一起把车推出大门，在路上停放好才去骑。

二愣老汉依旧是爬上摩托车的。打火，加油，一切顺利，尝试了几回，摩托车动起来了。二愣老汉心里不屑：就这么简单啊，还把他们娘俩能得不行，看我骑着跑起来了吧！于是加把油，摩托车呼啸着在村道上狂奔起来，拐弯时差点侧翻，二愣老汉也没减油，而且是越骑越勇。邻居们觉得好奇怪：这个二愣老汉今天发什么疯？看着邻居们诧异的目光，他心里那个满足……

二愣老汉心里正美着呢，前面路上拐出了一辆锃亮的黑色轿车，被一个邻居拦着不知道在问什么，车子恰好停在路中间。二愣老汉才不管它两车之间的距离能不能过去，看着路挺宽的，就从左侧朝过冲，只听“哐哐哐”的几声，三轮摩托车嘶吼着向前继续冲，可终究是被轿车和树夹着，挤不过去自己熄了火。轿车右侧被刮出几道醒目的伤痕，轮胎上侧的装饰被挂得跌落在路上，车门也顶了一个坑。车主连忙从车里出来查看，一看爱车被伤成这样，车主大怒，恨不得提着二愣老汉踹两脚：七万多块钱的新车啊，我才开了半个月好不？你怎么骑车的？

二愣老汉也傻眼了，明明能过去，怎么就把人家的车给碰了呢？车主要给交警打电话，被邻居们给劝住了，说二愣老汉家的情况可怜，看着私了算了。车主说咋私了啊，这没四五千元怎么修得出来？二愣老汉一听四五千元，顿时像霜打的茄子一样蔫了，脸色灰白，这四五千元可是他们家七口人一年的生活费，拿什么赔人家啊？车主郁闷地蹲在路边狠狠地吸着烟，大家不停地劝说，二愣老汉借了东家借西家，一个多小时只凑了一千块钱拿来，又鼻涕一把眼泪一把地给车主说好话。车主一看再多实在是要不出来，无奈只好接了这一千元，气急败坏地开车去了修理厂。

老婆、儿子回家和二愣老汉又是一场争吵，他脸红脖子粗地不肯承认是自己的错。不过此后一段时间，二愣老汉再也不提骑三轮摩托车的事情。可看着路上骑摩托车、电动车的大人小孩，二愣老汉心里还是忍不住想：不就是个摩托车吗？看我哪天也骑上满路跑，哼，让你们看不起我……

写在儿子生日

今天是农历八月二十三日，是我儿子十二岁的生日。作为妈妈，看着这个曾经拖着鼻涕非常爱哭的小孩，长成了一个懂事、乖巧的少年，很欣慰的。

关于他的生日，我一直比较重视，从他七岁起，一直是我张罗着给他过，用打工挣的为数不多的钱，给他过一个快乐的生日，让他小小地得意一下。因为这里其他同龄的小孩没有几个过生日的。

他八岁生日时就喊着要滑板，爱人出门打工挣了七十多块钱给他买了一个廉价的。那时候门口的村道还是土路，我家的院子倒是用砖铺了，所以他只能在院子里玩。这个脑袋大、眼睛大、个子不高的小男孩第一次踩滑板就摔了个仰面朝天，我吓坏了，他奶奶更是大呼小叫地不许他再玩。可这孩子爬起来哭都没哭一声，出去找了根木棍撑着继续滑。累得满头大汗都不休息一下，就这样，三天以后他扔掉木棍，可以独立地在院子里滑着滑板转圈了。引来一群孩子围观，可以说他是村里小孩子中玩滑板的第一人。

十岁生日时，又嚷着要旱冰鞋，这次家里没有人同意给他买，我也不怎么同意，因为去医院买药时，听说好几个孩子玩旱冰胳膊摔骨折了。但这小家伙几乎天天都磨叽，说买了旱冰鞋生日就不过了。我架不住他的软磨硬泡，用打工挣的一百多元钱给他买了一双，小家伙高兴坏了，我却紧张得不知道干什么好。还好，这次他穿旱冰鞋几乎没怎么摔跤就会了。看着他得意地穿着旱冰鞋在院子里穿梭，我悬着的心总算放下了。后来村道被硬化成水泥路，他玩旱冰鞋更是如鱼得水，时常惹得一堆大人小孩围观。

转眼又是他十二岁生日，半个月前他就和我念叨，我却有些为难，最近没什么打工挣钱的活，他的这个生日我实在有些为难。昨天下午放羊的时候，他又提起，我无奈地说，老娘这几天没一毛钱，你说这个生日咋过？他一脸幽怨的表情，我现在有些相信我奶奶的话了！我疑惑，什么话？他说，我奶奶说我不是你生的，是我爷捡来的！我郁闷至极，拽着他的耳朵控诉，老娘我十月怀你容易吗？你咋这么没良心？他嘿嘿一笑，貌似是九个月零十天！哪来的十个月？我被他的话惹得大笑，你奶奶一天到晚都给你说些什么稀奇古怪的事情啊？他挣开我拽他耳朵的手跑了：反正明天我生日，你老人家看着办！

我是彻底被这小子打败了，可现实生活的确有许多无奈，没钱，给他这个生日怎么过？正愁呢，电话响了，一看号码我乐了，一个熟悉的老板，肯定是叫我干活。果然，老板说让喊两个人明天铲韭菜。挂了电话我冲着追羊羔的儿子喊，老娘明天给你过生日！他笑着跑到我面前，你老人家怎么突然有钱了？我回答他，明天才去挣。他说，要不算了吧，你老人家也没什么钱。我说，明天再看吧！

第二天早晨下起了雨，儿子起来笑着说，看看，还说挣钱去呢，下雨了吧？我说，没办法，下午再说吧！

中午儿子回家不再提过生日的话了，我看着他有些于心不忍：嗨，今天你生日。他一笑，生日就生日，没什么！我拉过他的肩抱着他，嘿嘿，你怎么这么好说话。他说，没钱嘛，不过就不过。我大笑，忍不住亲了亲他的脸。他安静地靠在我身上不再说话。

一点多老板又打电话，说雨不下了来干活吧，本来很累不想去，但是今天是儿子生日，昨天答应了就不想让他失望。打起精神和两个搭档一起去了，连泥带露水地干了四个小时活，衣服袖子、裤子、鞋子都湿透了，蹲得腰疼腿疼，一人才挣了二十五。我有些失望，和搭档念叨今天是我儿子生日。两个搭档说，要不钱你都拿去给你儿子过生日去吧，过几天你有了再还我们就是。

回家已是六点半了，疲惫不堪。我喊来儿子，问他想吃什么。

他有些沉默，不想吃什么。我有些不耐烦，今天是你生日，你想吃什么我给你做，赶紧想，不然老娘改主意了。他说要不吃火锅吧。我递给他五十元钱，你去买菜。他不敢接，我说你不去我就不做了，你想吃什么菜自己买去。他无奈地拿着钱走了。

看着他远去的背影，我偷着乐了。不一会儿他回来了，买了一斤豆腐、一斤鱼丸、一斤金针菇、一斤菠菜、一根火腿肠、一包方便面、一包火锅底料，还找给我二十二块钱，解释说买菜二十七，他花了一块，二十八，找我二十二。我心里酸酸的，拿了两块零钱给他，他怎么都不要，你没钱，不要了。

我洗了菜，又切了几个土豆，泡了一些粉条，一顿简单的火锅就这样开始了。他吃得很开心，不过我有些抱歉，没有多少祝福，没有什么奢侈的礼物。儿子，生日快乐！愿你在以后的日子里健康快乐！

（原载于《黄河文学》2014年第12期）

那年，那驴，那记忆

大哥属于最后一批搬离老家的人。

车上拉着粮食、牛羊、看门狗欢欢、几只鸡和鸽子，唯独没有看到那头养了二十几年的白驴。我问大哥咱家的驴呢？大哥说驴拉到这里没什么用处，早在老家卖了。我心里一阵失落，不由想起和那头白驴有关的一切……

群山之中的黑眼湾住着不多的几户人家。凛冽甘甜的山泉水，连年丰收的庄稼，山前屋后的野鸡野兔，顺手采撷的野菜野果养活了这里的山民，让他们过着与世无争的简单生活，但是油盐酱醋茶之类的日用品要到山外采购。没有出山的大路，毛驴在山村承担着全部的生产和交通运输任务，是我们和外界联系的唯一交通工具。

我刚记事的时候，家里养着一头灰白色的母驴，性情温顺，它要上山驮柴，下地耕田，去山外磨面，还得被放牧牛羊的哥哥来回骑着。

印象中这头驴没有闲过。家里每年都要留两袋大豆做饲料，在驴辛苦劳作后，父亲会挖一碗豆子倒在麦草中喂它，它把大豆咀嚼得“嘎嘣嘎嘣”响，欢快地甩着尾巴。我四岁那年它产下一头纯白的公驴驹，惹得邻居们都来围观。老人们认为，白色的动物是有灵性的。

刚出生的小白驴吃饱奶后慵懒地卧在阳光下晒太阳，用它的小蹄子托着小脑袋睡觉，全身雪白的毛在太阳下泛着光晕。我好奇地蹲在它身边拽它长长的耳朵，希望它陪我玩。它不耐烦地使劲一晃耳朵，耳朵就从我手里滑了出去。我又拽，它又晃，我和它就这样来回对峙着。在我数次的骚扰下，它没办法安睡，抬起小脑袋，用警惕的眼神看着我，一副准备和我拼命的样子。我在它黑溜溜的眼睛里看见一个头发脏乱、拖着鼻涕的小女孩，还没等我看清楚，这小家伙一下子站了起来，顺带着用它的小脑袋把我顶了个屁股墩，算是对我打搅它睡觉的惩罚。然后得意地站在妈妈身边，噙着奶头吃了起来。醒着的它是暴躁的，如果我敢拽它耳朵它会吹胡子瞪眼睛地在院子里狂奔，顺便还撒几个小欢，扬起青色的小蹄子示威，以此来警告我，再拽它耳朵就踢我。不过它总有睡着的时候，我还是会偷偷地拽它的耳朵玩。然后躲在台阶上看它惊醒后气急败坏地狂奔的样子，把院子踩得一坑一洼的。

我和它就这样嬉闹着一天天长大，三年过去，我唯一的变化就是长高了一点，擦干净了鼻涕，而它已经是一头体型健美的成年驴了。它的毛色纯白，走到哪里都是引人注目的。别人家的驴在这个年纪已经承担起了农活，它却在母亲的分担庇护下一直快乐无忧地成长。

长年的劳累加快了它母亲的衰老，给它的豆子她咀嚼不动，统统便宜了小白驴。但人的生产生活是容不得这种衰老的，它的母亲最终被一个驴贩子以低廉的价格牵走。小白驴用它的嘶鸣抗议着，但终究没能留住母亲。它不知道母亲去了哪里，不知道这就是一场永远的离别。

当哥哥第一次骑在它背上时，它愤怒、挣扎，跳跃着企图把哥哥甩下来，但是都没有成功，它不得不臣服于属于它的宿命。

磨面、驮柴、驮人、犁地、拉车……所有用到它的地方都有它的身影，它完全继承了它母亲的一切职责，也继承了它母亲辛劳后享受一碗大豆的待遇……但它又是与众不同的，除了我们家的人，别人休想骑在它背上。不论驮柴拉车，它都要走在最前面，别人家的驴犁地播种都要人牵着，但这头驴不需要，你的鞭子怎么指，它就怎么走，根本不会出错，这一度成为哥哥对同伴炫耀的资本。后来读书，看见别人形容驴是蠢驴，我大笑，如果写这个词的人真正和驴相处过，那他绝对不会写出这样一个词语来。

那时候，我和伙伴每天放学后，都要去山里把牛羊赶回来。伙伴们个个会骑驴。夕阳下，一群孩子对毛驴围追堵截，几番斗智斗勇后，机灵麻利的孩子得意地骑上驴，而那些笨孩子只能噘着嘴望驴兴叹，不甘心地找一头温顺点的牛拽着牛尾巴走。“叮叮当当”的牛铃声，母羊呼喝失散的小羊发出的“咩咩”声，山路变得拥挤，嘈杂热闹，牛羊吃饱喝足一身轻松地行走着，而毛驴背上驮着的懒孩子，还时不时地在驴背上玩着花样，一会儿顺着骑，一会儿倒着骑，一会儿又仰躺在驴背上，逞能的孩子一不小心滑下驴背跌个仰面朝天，等他爬起来找驴时驴已经快步离开，只留下驴背上伙伴们幸灾乐祸的哄笑……

暑假午后的河滩上，牛羊上山吃草去了，放牧的孩子点了一堆火烧着洋芋，女孩子负责捡柴火，淘气的男孩就会在河滩上赛驴，驴背上的男孩像要上战场的将军，紧张地赶着他的驴在河滩上奔腾，踩踏起一阵阵土雾。哥哥骑着白驴冲在最前面。在无数次比赛中，白驴都没有让哥哥失望，出尽了风头。这也让其他伙伴沮丧不已，纠缠着一次次重新开始比赛。

女孩子顾着看输赢，把洋芋烧煳了，不知谁嚷了一声，男孩们急忙从驴背上跳下跑来看，于是一阵慌乱，赶紧从火里拨出洋芋，毛驴则乘机四散逃开，远远地去吃草……

一阵指责抱怨后大家围了一圈开始吃，不顾洋芋烧得焦黑，随便剥一下皮就吃了起来，把脸糊得和花猫一样。而毛驴也趁着这点空闲抓紧吃饱肚子。夕阳西下，牧歌依旧，毛驴驮着我们默默行走……

搬离老家以后再也没有见过毛驴，我的孩子也不会有骑驴的童年，毛驴和黑眼湾已经从我们的生活中远去，甚至消失。只是在一次又一次的梦里，我总是看见童年的自己骑着白驴徜徉在黑眼湾，一次次在梦里笑醒……

（原载于《六盘人家》2015 年第 4 期）

旅途散记

骨子里一直想过一种流浪的生活，一个人，一只背包，独自走遍万水千山，去完美生命中一直祈盼的梦想，去修行自己空虚寂寞的灵魂。

可惜因为很多原因，在我三十几岁的人生中，旅行的次数屈指可数。我时常会看着天空发一会儿呆，然后收回自己偷偷跑掉的思绪，大笑，继续奔波劳碌。生活、现实与理想总在辩论、总在争斗，然后看谁妥协在谁的强势之下，如此而已。

我一个多月前就在争取和策划这场旅行，其艰难程度不亚于世界杯上中国队进球。这样说，可能会有朋友笑我夸张，但现实中的确是这样子的。

好在我的努力没有白费，七月二十三日早晨如愿踏出家门。当坐在回老家的车上时，我的心情有些激动和忐忑。三年之中，四百多公里的路程，我却不能随时回去。看着车窗外奔忙的人群，有等车的旅客，有忙碌的小贩，更有大清早就坐在路边乞讨的人……我有些黯然神伤：这里面有多少人，有着和我一样的无奈？只是他们没有我这样忧郁和伤感吧。

车缓缓行驶起来，渐渐加速，这个沙漠上建设起来的小城是稚嫩朴素的，没有太多的树木遮掩，连带着村庄都是一样青涩的表情，向远处看更是没有一点吸引人的风景，一片广袤荒凉。空气中总弥漫着燥热和沙土飞扬的气息，若不是远处有座罗山耸立着，遮挡住了视线，那么这片土地真的会一眼望不到边。一直也不知道这个地方为什么叫红寺堡，十几年的迁移建设，红寺堡已经是一个县级编制的地区了！

车行驶了一个小时离开了红寺堡的地界，开始进入同心县，眼前的风景已经没有了荒凉的气息。同心这地方像个大家闺秀，给人一种端庄大气、养眼舒服的感觉。家家的院落整齐干净，窗户明亮，就算是一堵土墙，都打得棱角分明，不留一丝一毫的瑕疵。路上的行人精神面貌很好，每个人都给人一种清爽利落的感觉，让人怎么看都觉得顺眼。

再走就到了海原县，这里和同心县紧挨着，情况都差不多，多少也算川区，路边的玉米已经快一米高，绿油油的一片连着一片，偶尔也有大片的向日葵穿插在玉米地里。

再往南就到固原市，宁夏的第二座高山六盘山就坐落于此。这里也因伟人毛泽东的《清平乐·六盘山》而闻名天下。固原是座美丽的山城，无论是风景还是地理人文都是值得人向往的。

车又行驶了一个小时。看着路边标识牌上的字，终于在泾源的地界上了，高速路也是依山而建，这里的山连绵起伏，或巍峨，或俊秀，或大气，或低调……各不相同，山上绿树青草，野花遍地，时有野鸡野兔穿梭于灌木丛，更有胆大的直接站在路边看过往车辆，惹得车上的人不时惊呼。我也一阵欣慰：泾源，我的故土，我回来了……

车驶进了泾源县城。对于县城我是陌生的。三年不见，很多地方我已经不熟悉，若不是二姐来接我，我肯定不知道怎么走。这里也有我太多的亲人和朋友，电话通知了几个故友，都欣喜。我也一样，无论过多少年，有些情谊是永远不会变的，我一直坚信。

我的时间并不宽裕，而亲戚朋友又太多，请吃饭成了一种负担。也许人活着就这样吧，礼尚往来是一种必需的礼貌，谁都无法拒绝。就这样，在泾源六天的时间，我就在亲友们请吃饭中度过了四天。可惜我的胃并不争气，一直不怎么舒服，没能海吃一番，辜负了大家的盛情。

泾源是个比较尴尬的地方，这里有山有水，既不属于西海固的贫瘠，又与塞上江南的富庶扯不上关系，它特有的地理环境让人们过着一种既不富裕，也不是太贫困的生活。如果同心是大家闺秀，那么泾源绝对是小家碧玉，村落掩映在郁郁葱葱的大树中，似含羞的少女偷窥着门外的人和风景。近几年国家加大了对泾源的旅游投资建设，一些著名的景点开始推向全国，如老龙潭、凉殿峡、野荷谷、胭脂峡、小南川……都是值得一看的地方，可惜身为曾经的泾源人，这些地方我都没去过，这是不是也是生命中的一种遗憾？

几天时间匆匆过去，我终于要离开这里，天空下起大雨，仍旧于电话中通知了一下朋友，她们都忙，所以没有什么送别。心情悲凉而沉重，我不是个可以洒脱的女子。雨中的泾源清新美丽，而我却成了这里的过客，这一去不知道又是哪年回来？许多想去的地方没有去过，很多相聚的朋友也没聚成，雨越下越大，我闭上眼睛不肯回头去看，就这样走吧，看得越多，眷恋得越深。

别了，泾源，别了，我短暂的旅途……

（原载于《老龙潭》2014 年第 4 期）

今日罗山脚下

初到这片陌生的土地，迎接我们的除了风沙，就是远处高高耸立的罗山。站在罗山脚下，看着漫天沙尘从远处来，又迅速地消弭于天地之间，天昏地暗，一片混浊，太阳惨白地挂在天上，没有一丝光芒，无可奈何地看着风沙狂奔。土地像被风吹着慢慢涌动的暗黄色丝绸，渐行远去，要不是罗山挡住，它会被风蔓延去向哪里？

我们分到的是统一规划的长方形宅基地，占地一亩八。推土机推起来的一个个沙土台显示着村庄的雏形。木桩醒目地标出一家和一家的地界。路早就留出来了，四通八达。村庄就要在这一个个沙土台上兴建。

盖房的前几天，人们都憋着一股劲，想尽快在这片土地上生根落户。可渐渐大家没了笑脸。白天砌好的砖墙，晚上一场风就给刮倒，放在外面的脸盆、笤帚、铁簸箕，第二天不知道被风带着去了哪里。无论是做好的饭还是馒头，吃起来总是硌牙。连水都带着一股沙土的味道，喝完水，杯底沉淀着细微的黄沙。

罗山上下来的风横行了几千年，无孔不入地侵袭着这里的人，头上、脸上、衣服上、床单被罩上，除了沙子没别的。相互见面如果不笑，肯定让人觉得看见了泥塑。盖房的人们发愁，这个地方还能住人吗？有些人全家的户口都迁来了，没有退的可能，咬牙盖房是唯一的出路；可有些人是凑热闹，把这当一次发财的机会，一看太苦，直接拍屁股走人：这破地方根本就不是人住的！走的人终于走了，风欢呼着为他们送行，这是风的地盘，凭什么要让人来居住？留下的人和风捉起了迷藏，风来了躲进避风的地方，风走了继续出来盖房子。罗山像个好脾气的母亲，看着风在她脚下胡闹，只一味纵容。

一个月过去了，一座新村庄呈现在罗山脚下。用泥和砖砌起来的平房，房顶连片瓦都没有，没有安门窗，没有一件家具，可留下的人有了自己的家。风霸道地从村庄穿越而过，除了带走尘土，它已经偷不走大家的任何用具了。风很生气，来回刮过屋顶，制造出骇人的声响，企图吓走这些固执的人。风制造出的声响起初确实让人觉得惊悚，可时间久了，谁都会麻木，渐渐地，再大的风也只能让人漠视……

我们就这样留下了，留在罗山脚下的这片土地上，与风为伴，与沙为邻。看着远处翠绿的罗山，怎么也想不明白她怎么会有风这样恶劣的孩子？她是在考验人的意志还是不希望人打搅她的安宁？

村庄在罗山脚下一座座拔地而起，一批批移民开始安居下来，村庄通了电，有了自来水。这片土地有了烟火的气息，有了孩子的哭声，有了狗叫鸡鸣。住下来的第一个春天，村委会的喇叭一遍遍地喊着，让大家去领杨树苗。看着一捆捆截了树头，树根裸露在外的树苗在村委会院子里被风折磨，大家直摇头：这样的树苗，栽下去能活吗？抱着这样的疑问，这些杨树苗被急于看见绿色的人们栽到田间地头，房前屋后。

一场又一场的沙尘暴像千军万马来回在罗山脚下的这片土地上穿梭，似乎要碾压一切有生命的东西。即便这样，栽下去的杨树苗居然发芽了，看着那稚嫩的小叶子在风中顽强地成长，人们心中也升腾起一片希望。

天气在四月底变得炙热，土地上依旧暗黄一片，没有一丝绿意，要浇灌播种了。第一次看见水顺着水渠奔涌进田里，人们是那么慌张，以至于手忙脚乱。一会儿水渠堵水的土被冲开，一会儿田埂又被泡塌。只要看看在田埂上挥着铁锹来回狂奔呼喊的一群男人女人，你就知道大家被水折腾得有多狼狈。在这种狼狈中勉强完成了灌溉，播种又成问题。玉米该怎样种？又拿什么种？在老家靠天吃饭的我们又面临着新的考验。一切的生产经验都是听说来的，都要自己去摸索。

买来了玉米种子，买来了铲子，就那样蹲着，铲子挖一下种一粒玉米种子，一步一步挪着，一粒一粒种着，等几亩玉米种完，手腕、腿都肿了。也有人雇来骡子拉犁，先犁开一个壕沟，把玉米种子一粒粒扔进去，第二次土犁过来覆盖，最后收耱保墒。还有人发明了简易的开沟机，用车带着把地拉成一条条浅沟，把玉米籽放进沟里，然后反复用车带着耱把沟耱平……那时的我们尝试了所有种玉米的方法，只要能把玉米种到地里就好。但是这些方法也让我们吃尽了苦头，玉米是出来了，可灌溉过的土地经过人的踩踏和车的碾压，瓷实得和大路没什么区别，锄地又成了最艰苦的劳作，一锄头下去一个白印印，要么就直接把锄弹开。不过只要玉米长势好，大家觉得再多的艰辛都是值得的。

耕耘过的土地不久换上了绿装，风的频率渐渐慢了下来。远眺罗山脚下，一片安宁祥和的田园风光，大片大片的绿映衬着蓝天白云，空气中再也不是呛人的沙土味。六个叶子的玉米在微风中欢快地摇头晃脑，喜鹊忙碌地衔着树枝筑巢，一群麻雀吵闹着找地方落脚，炊烟中的村庄里传来母亲唤儿回家吃饭的声音。

罗山脚下的土地因为黄河水的到来，终究变成了一片养活人的沃土。一年，两年，十年……今日罗山脚下，一座建设中的年轻城市快速崛起，街上车水马龙，繁华一片。一间间商铺迎送着来往的顾客，一个个小摊生意兴隆，转街的人褪去了风沙的味道，开始悠闲地享受生活。大街小巷的柳树扭着腰身，诉说着这座城市十几年的发展变化，路边的槐花惊艳登场，见证着这里曾经经历过的一场场风沙。

城市的边缘，一座座村庄掩映在绿树中，那些树正是当年人们刚居住时在春天栽下的。它们用忠诚的身躯守卫着村庄，对抗着一年又一年的风沙。当年用泥土和砖盖的平房已经消失在岁月的风尘里，大型建筑用的砖头、沙子、石粉，钢筋水泥被运进村庄，变成一座座标准的抗震房，琉璃彩瓦飞上了寻常百姓的屋顶，为这些新房增添了更多的大气和美观。里面的布置更是细致，白色的屋顶、墙壁、地板，舒适的沙发，宽大的茶几，超薄的平板电视，温暖的土炕永远是西北乡村居室的主题，用心装饰出来的炕墙，炕上崭新的被褥，看起来都是那么敞亮和舒适。

后院的牛棚里，牛在温暖的阳光下安适悠闲地吃着草，它们的旁边养着几只羊。现在家家都是这样的格局。曾经老辈人说，讲人富足的标准是牛羊满圈，经过移民搬迁的我们，是不是已经有了这样的标准?

土地上的生产一年比一年稳定，一道道进地的毛渠铺成了水泥渠板，以前七八个人也管不住的水现在只要一个人就可以完成。种地更不用说了，小型的旋耕机、玉米播种机结束了我们曾经种玉米的发明创造。前面旋耕机一旋，后面播种机跟着点播，两三个小时就可以完成。这样种出来的玉米地让锄地变得可有可无，越来越多的人从土地上辛苦的劳作中解放出来。

远处密密麻麻整齐排列的是蔬菜大棚，那是罗山脚下一道新的风景，这既解决了居民吃菜的问题，又解决了剩余劳动力的就业问题。一帮女人在忙完自己家里的活计后，随时可以去挣个三五十块，大大贴补了家用。

酿酒葡萄也在这里生根落户，因为昼夜温差大，土壤性质好，种出来的酿酒葡萄品质高过全国其他地方，一个又一个葡萄基地和葡萄酒厂建设起来，成为一颗耀眼的明珠。就在今年，这里被授予酿酒葡萄“天下第一镇”的美称。

田野里搭起的纱网越来越多，那是杞农用来遮挡麻雀的。枸杞素来有果中圣品的美誉，这几年开始大面积种植，为我们的生产生活带来了意想不到的收益。那一颗颗红艳欲滴、颗粒饱满的小果子，如同一颗颗满怀希望的心，在这片土地上绽放出属于自己的美丽。

每个村庄最醒目的建筑就是学校，宽敞的二层教学楼，标准化的操场和体育设施以及教学配置让人满心欢喜。随着国家在农村各学校推出“营养午餐”政策，村里的女人乐开了花，以前农忙时中午还要操心孩子的吃饭问题，现在不用管了，孩子在学校吃得比家里要好。早餐一个鸡蛋，午餐有肉，一碗吃不饱还可以再打第二碗，多好！

走在村道上，两边的柳树随风轻轻舞动着枝条，几个老太太安适地坐在一起晒太阳，相互询问着，你这个月领了多少养老金，她低保存折上还有多少钱没取，医疗卡取药是咋回事？两个牙牙学语的小孩子瞅着奶奶们幸福的笑脸，也挥着小手开心地笑……

大点的孩子放学后，也聚集在村道上，骑自行车、溜旱冰鞋、滑滑板、打沙包……尽情嬉戏在平坦的路面上，他们欢快的表情在夕阳中绽放，连天边的云都变得欢快起来。

太阳从罗山上升起来了，温暖地照耀着罗山脚下的每一个角落。每天的太阳都是崭新的，如同今日罗山脚下人们的生活。他们用勤劳的双手改变了罗山脚下的这片土地，也改变了自己的人生轨迹。风依旧时不时地来侵略一番，但人们会迎着风继续前进，继续奔向更美好的新生活。

（原载于《罗山文苑》2016 年第 1 期）

在田间追寻我的梦

新年伊始，我收到了让我足以欣慰很久的礼物——《黄河文学》样刊。看着自己并不成熟的文字羞涩地跻身于众多优秀写手林立的期刊中，心里压抑多年的委屈一下子崩溃了。那些为文字坚持而煎熬过的日子，一起涌上眼睛邀功请赏，让我无力招架，瞬间泪流满面。

我 1980 年出生在宁夏泾源县一个四面环山的小山村，那里有一个和环境很相符的名字——黑眼湾。没有出山的大路，没有电，没有学校。七岁之前的我是个赤着脚穿梭田间地头的淘气女娃，爬树掏鸟，下地捉蚂蚱，骑着毛驴放羊，和邻家男孩打架……这让母亲气恼不已，没少用鞋底子抽我的屁股。可刚被母亲教训完，我就能骑在别人家的杏树枝丫上偷杏，或者约一群小孩在自家麦地里冲锋陷阵，又或者伙同我的死党捉弄鳏居的二爷，再就是在村子里疯玩一天不回家害母亲许久都找不到。

山村的天空广阔自由，我像只刚出茧的花蝴蝶一样尽情挥洒我的好奇，却让贤淑的母亲为我伤神不已，屡屡生气，以至于此后的许多年都没给我好脸色。

我七岁时赤着脚被二哥从田里拎回来，套上了表姐带给我的新鞋子。糊里糊涂地跟着表姐离开黑眼湾，来到了吴忠三姨家。在那里懵懵懂懂开始读书识字，接受教育。

第一次接触文字，源于表哥带回家的小人书，一本《水浒传》。看着那精致的图画，简洁有趣的文字，我眼睛都直了，这世间居然有这样美好的东西？仿佛在那一瞬间，文字在我心里种下了永远无法解除的“蛊毒”，以后的日子只要一看见书写故事的文字，我心里的“毒瘾”就会发作，沉迷其中无法自拔。那些文字牵引出我内心深处的忧伤，只要是有书读，

我就愿意躲在无人的角落里享受这种文字带来的淡淡愁绪。

随着年龄的递增，我越来越喜欢文字，小人书已经无法满足我的好奇了。此时我已经离开吴忠，又回到了小山村，只不过是每天上学放学要翻越一座高山。那时我发现舅舅家有很多书，但因为惧怕外公的严厉不敢去拿，只好借故一本一本偷来看，一边走路，一边盯着书看，一边爬山，一边赶紧瞄两行字。偷这本还那本，一年多时间，舅舅家的那些书被我偷看完了外公也不知道。印象最深的莫过于《隋唐演义》里，罗成被乱箭射死的场景，悲壮且凄凉。

初中时接触到了更多的书籍，让我对文字的钟爱有增无减，疯狂阅读，沉迷其中。这也让我付出了惨重的代价，严重偏科的我数理化成绩一塌糊涂，中考时以凄凉败北收场。这是喜欢文字为我带来的沉重一击。

离开学校的我后悔莫及，我的世界里只剩下群山、农活、庄稼、木梨、镰刀、锄头、毛驴、牛羊。文字离我越来越远，越来越缥缈。我时常在夜里，听着顶棚上老鼠开运动会的热闹，无法入睡。白天干活时我也很少说话。我想用一种深深的沉默祭奠我远逝的校园生活，祭奠弃我而去的文字。

转眼到了二十岁，四年的农活已经把我改造成彻头彻尾的农家女，文字已经远离我的世界。谈婚论嫁无可避免地发生，匆忙中嫁给同村的一个青年，继续在那个四面环山的小山村重复着先辈们的生活。两年后儿子出生。琐碎的生活被我过得鸡飞狗跳、狼狈不堪。我的心里极其苦闷，不知道用一种什么样的方式才能宣泄。

这个小山村是美丽、宁静而质朴的，群山环绕并没有挡住移民开发的脚步，我们在一个风雨之夜离开了那里，来到吴忠的红寺堡开发区，开始了新一轮的生产生活。文字已经成了午夜梦醒时的叹息，在现实生活的严酷中，我首先要考虑的是怎么在这个漫天风沙的地方生活下去，怎么可以让自己和孩子生活得好一点。带着这点简单微薄的愿望，我开始为生活奔波。附近有几百个大棚，长年雇工，但是周围遍布着四个自然村，想要在这里长期干活，就要付出比别人多的辛苦和努力。

七年之后，在我和丈夫的共同努力下，我们在这片土地上盖起了新房子，养起了牛羊，彻底安居下来。手机的普及在乡村刮起了一股龙卷风，也为我打开了一个全新的世界。我从那里找到与我失散十几年的文字，心里被文字种下的“蛊毒”又一次被引发。

一部又一部的电子书被我利用打工休息的间隙，

晚上睡觉之前的半个小时读完。虽然只是一些网络小说，但是重读文字仍旧让我欣喜若狂。后来学会上网，突然发现QQ空间可以书写文字，我开始用手机记录琐碎的生活，打工的辛苦，心情的好坏，周围人的悲喜。

这是个艰难而享受的过程，生活虽然安居，可种地打工的日子还是每天都在继续。每天早上早醒半个小时，晚上晚睡半个小时，只为去读一点空间的美文或者写几句不成形的短章。和搭档休息时别人在扯闲话我在看手机，这也让大家生出不少误解，但我不想解释。这个习惯一直保持了四年，越来越多的网友开始看我的文字，鼓励我好好写下去。甚至几个相熟已久的网友热心地为我寄赠书籍。这些鼓励和支持让我在辛苦劳作之余把用手机写作坚持了下来。四年过去，粗略一算，我用手机在QQ空间书写了三十多万字。

回想过去，有些恍然，但是无论为文字开心也好，伤感也罢，都过去了。我们没能力去主宰生活的变故，但可以坚持自己的爱好，让文字成为丰润我们生命的使者。

（原载于《老龙潭》2015年第2期）

我是这个城市匆忙的过客

中午十一点半，我匆忙行走在城市的街道上，一身旧衣，一脸疲惫，手里提着一包药和半只烧鸡，斜挎着一只包，里面有我给儿子准备的袜子和秋裤。我要赶去儿子的学校。街上繁华一片，高楼林立，这样那样的喇叭嘶吼着，期望招徕火爆的生意。嘈杂的街道车来车往，一辆辆越过我，一辆辆都和我没关系。学校位于这座城市的边缘地段，在公交车终点站再走三条街道以外的地方，打车去五块钱。我相信自己二十分钟可以走过去，我舍不得花这五块钱。

昨晚，儿子用老师手机打来电话，说咳嗽严重了，让我给他送点药过去。我心里顿时忧虑。他从小肺不好，老咳嗽。今年升初中住校，八个人的宿舍住了二十个孩子，生活饮食诸多不习惯，可能伤风了。早晨忙完一些家务，十点就准备去学校，这里的公交车极不准时，有时候站在路边一等就是一个多小时，而中午十二点一过再去学校找孩子就会难上加难。

天气阴沉着，我站在路边左顾右盼，怎么也不见个公交车，看来今天又要等在这儿了。好不容易过来辆私家车，我赶紧招手，不知道什么原因人家没停；再来一辆，我继续招手，结果一样。就在我不抱希望的时候停下了一辆。

到了镇上我顾不上欣赏城市的繁华，匆忙奔向药店，向工作人员要感冒咳嗽药，他们给了一个 999 感冒灵，又给了个治咳嗽的药。我一看咳嗽药是片剂，便有些不想要，问有糖浆吗，他们便递给我京都念慈庵蜜炼川贝枇杷膏。

出了药店奔向市场，看见卖熟鸡肉的，给儿子买了半只。开学才两周，他就瘦了一圈，也不知道该给他买什么好。

徒步到学校，校门口已经有一部分家长在等待，小车、三轮车、摩托车摆了一溜。校园围墙是铁栅栏，可以看见学校里的情况，孩子们还在上课，琅琅读书声一阵阵传来。一些家长已经扒着栅栏张望，手里提着这样那样的吃食，等待着自家孩子。

儿子的教室在一楼，在栅栏外很容易看见。我来到他教室对面的栅栏外等待着，不想儿子已经在张望，一眼就看见了我，咧嘴一笑赶紧把头转回去。我松了一口气，还有几分钟就下课，等着吧！

一声“叮咚”声响，学校乱作一团。各个楼上都拥出了学生，走读的，住校的，一样的校服让一群孩子迅速混淆在一起，分不清楚谁是谁。这所学校建校四年，人数从最初的一千多扩增到了现在的四千多。一到放学时，校门口就拥挤不堪，人满为患。儿子从人群中挤了出来，奔向我，边走边咳嗽，脸涨得通红。我隔着栅栏把鸡肉递给他让他吃，他说人多不好意思。又看见我买的药，皱眉说知道他不喜欢吃颗粒还买。

我拿白眼翻他，那你别生病啊？他又咧嘴笑，说让我进来和他一起去餐厅吃饭。我看着被学校保安堵在门口的一群家长，心想会不会是要等走读的孩子走完了才让家长进去？可十几分钟过去，家长还被堵在外面。儿子转了一圈，隔着栅栏说不让家长进来咋办？一些带饭的家长已经把饭递给孩子，孩子在栅栏里面吃，家长坐外面看着。儿子有些失落地看着门口的保安，我说那你进去吃饭去吧，他说那你咋办，我说我回家呗，还能咋办，要不我翻墙进去？儿子大笑，人家保安看着呢，你翻进来被抓了可别说是我的家长。我大笑，唠叨嘱咐他按时吃药，他应承着。

我让他把秋裤和袜子拿去，他固执地不肯要，这时天空开始落雨，他催促我快回家去。目送他的身影消失在校园里，我也转身离开。

外地一个姐姐寄来的一些书放在文联，今天想拿回去。可这会儿文联已经下班，下午上班还在两个小时以后，天下雨了，我能去哪里？

我没有目的地走在街上，雨越下越大，车依然来来往往。没走多久后背已经湿了，还是找个地方避雨吧。我的前面奔跑着三只流浪狗，大点的一只狗叼着一颗羊头，领着两只小点的狗奔跑，转眼就不见了。我拐了一个路口，看见宽大的门楼遮挡住了漫天的雨丝。我赶紧奔过去，门楼下避着一辆卖水果的三轮电动车，车主咧嘴一笑，说，这雨真大！我也一笑。一抬头，三只狗也避在前面不远处啃着羊头骨。门楼下的穿堂风一阵阵刮过，城市就这样沐浴在雨中。整个街道都是落下的雨水在忙碌地流淌，在设计好的地方窜进下水道，然后从排水口流出去。想想还是乡村好，不管下多少雨，都被土地一滴不漏地吸收容纳。后背传来的湿冷让我有点哆嗦。卖水果的冒雨离开了，留下我继续发呆，狗目中无人地继续啃食骨头，不时冷眼瞟着有些狼狈的我。我看了看时间，还不到一点。

迎面来了一个撑着伞领孩子的大姐，我不好意思地笑笑，大姐问我从哪里来，到哪里去。我一时茫然。在这下雨天，在这城市里，我实在不知道能去向哪里。大姐领着孩子飘然而去，在离我不远的地方开门，抖了抖雨伞上的水，回家了。

那个大狗啃够了骨头可能觉得无趣，慢悠悠地冲着我来了，在离我三米的地方停下与我对峙。我看向路边，想着它要追咬我，我该怎么跑合适。雨继续下，狗没有离开的意思，就那么低头盯着我，我有些无奈：我又不和你抢骨头，这地盘又不是你的窝，你这样盯着我干吗？再说这么大的雨，你把我赶走我能去哪？

可惜狗听不懂我的话，继续有恃无恐地盯着我看，是不是在它眼里，我不像城里人，所以它敢这样欺负我？我一边看雨哗哗地下，一边留意狗的表情，生怕它立马翻脸攻击我。这样忐忑的心情实在折磨人，惹不起就躲吧。我咬咬牙走进雨中，回头看了看狗，它卧在了我刚才站过的地方目送着我，我只能继续行走在雨中。远远来了一辆出租车，抬手拦了下来，先去文联再说吧，总比走在雨里强。

到文联一点多，打电话给办公室主任，主任回话说单位没人，让我等等。文联的楼下坐着几个避雨的农民工，可能是在附近工地上干活的，披着棉衣，围成一圈吃着干粮。大号的茶杯里泡着的茶水已成了暗红色，馒头看着也不是很软和，他们就这样一口馒头一口茶水就着吃，说说笑笑地打发着午休的时光。我默默微笑，远远看着，这种生活我时常经历，太熟悉，也太能理解。但心里还是隐隐痛了一下。如果是晴天，他们就可以躺在这水泥台阶上睡会儿，可下雨天能躲在这避雨就已经知足了。

我就这样看着他们，仿佛也在看着自己的生活，无数次我也和我的搭档们围坐在一起，一口馒头一口水，一句玩笑一场闲话地打发枯燥的打工生活，笑着，闹着，日子一天天过去，辛苦劳碌仿佛在这些笑闹中显得微不足道。

雨没有停下来的意思。他们吃完收拾东西走了，楼下顿时冷清，我才感觉后背冰凉不已。时间还没到两点，我心里有些懊恼，今天铁定是要感冒了，早知道这么大雨就回家，可是再来又不知道是什么时候，还是很想把书早点拿回去。那就等着吧，拿出手机，翻出一本惊悚的小说看着打发时间，可越看越冷，时间也仿佛凝固了一样，过得无比缓慢。

好不容易等到上班，拿了书后，和主任匆忙道别，打车奔向公交车车站。这会儿雨小了，城市又开始热闹，商铺、小贩重新活跃起来，不遗余力地叫卖招揽，我无心欣赏这种热闹，坐上了回家的公交车，一个转身，城市的一切又将和我无关。

吃火锅

我们在灯火点亮城市的时候进入城市，明亮的路灯，闪烁的霓虹灯，整洁干净的街道，穿着光鲜的行人。一脚踩在城市的路面上，眼前不熟悉的景和人，让我们一行人惊慌失措，你看看我，我看看她，忍不住自嘲地哈哈大笑。

金嫂的衣服从肩膀到后背残留着泥水留下的点点印记，芳芳的头巾上沾着一片泥，梅姐的眼窝落着一层尘土，我的两只布鞋被糊成了泥疙瘩，裤子膝盖以下面目全非。六个老男人的鞋子裤子同样星星点点沾满泥浆。只有强娃看起来像样点。他是今天才换的牛仔裤、新线衣，干活时也不肯太靠近和好的泥，临走又用水冲洗了自己的鞋子。这娃才十七岁。

大家下车后使劲跺跺脚，几个女人抹掉头巾擦着自己脸上的土。前方一百米处的火锅店灯火通明，门前停着一片车。今天老板包的房子封顶了，老板早就许诺大家，封顶的晚上来吃自助火锅。这个许诺让大家惦记了好几天，除了我，其他三个女人都不知道自助火锅是什么样子，略带兴奋地议论着，想象着吃火锅的过程和场景。

今天整整一天都在忙房子封顶的事情。和泥，再和泥，然后吊上房顶。房子总算封顶，可一群人也被泥糊得差不多了。吃火锅是期待了几天的事情，可这副尊荣来吃火锅，未免太自惭形秽。老板招呼大家快走，越靠近火锅店，大家的神情越不自然，梅姐和金嫂嘀咕："嫂子，咱这样去人家饭馆，被人赶出来咋办？"芳芳和我也迟疑了起来，竟没有勇气再走路。看见我们的犹豫，老板大气地说："没事，不就衣服上沾满泥嘛，咱们掏钱吃饭，又不是去干什么丢人的事情，都给我打起精神来，走！"

老板的话多少鼓励了大家，金嫂说："跟着老板走吧，那句话咋说来着？顾客是上帝，咱也当一回上帝去。"硬着头皮来到火锅店门口，隔着玻璃看见里面热气腾腾，大厅早已客满，一群穿着光鲜的男女挥舞着筷子吃得头上冒汗，眼前各种各样的时下蔬菜、肉食、饮料堆满桌子。

老板推开门先进去，依次是几个男人，我们几个女人跟在最后。我们穿过大厅时，这里所有的顾客都停下了手里的筷子看向我们。一个小孩刚把一根手工粉条的一端喂进嘴里，看见我们，惊奇地一张嘴，粉条掉落在桌子上，微微冒着热气，像一条白嫩的蚯蚓。

大家停下的筷子和注目的眼神让我们觉得不舒服。金嫂微怒，自己嘟囔：“看什么看？没见过吗？”

老板经常出入这里，经理一看是熟人，知道是请雇工吃饭，赶紧招呼我们去后面的包间。十二个人坐了两大桌，经理殷勤地询问大家要什么汤锅，大家再一次面面相觑，经理一看赶紧加了一句：“麻辣还是清汤？麻辣的请举手，清汤的不举手。”一句话就解决了大家的尴尬。

不一会儿，各自的汤锅就端上了桌子，梅姐和芳芳左瞅右瞅地看着汤锅，便问：“火呢，菜呢？就让我们喝汤啊？”老板说：“看见面前那个闪烁的红点了吗？用手指点一下就有火了。”梅姐继续疑惑：“桌子上平平的，火从哪里出来啊？”梅姐男人生气地瞪了她一眼：“你看你个土样，你以为这是你们家的锅台，要拿柴火烧啊，现在全部是用电烧，一点就通电了。”梅姐尴尬地吐了吐舌头。看着别人的汤锅已经滚起来了，她郑重其事地使劲按向眼前闪烁的红点，按一下没反应，再按还没反应。她又嘀咕：“这玩意是不是坏了？”梅姐男人站起来轻轻一点，“嘀”的一声，汤锅开始响动起来。梅姐男人拿眼睛翻着自己的婆娘，一副恨铁不成钢的表情。

“咋不给我们上菜啊？”金嫂看着穿梭的服务员不满地嘟囔。老板大笑：“嫂子，啥叫自助火锅？

就是自己动手去拿。看见我们进来时大厅摆放的菜了没？去，想吃什么就自己拿，能吃多少就吃多少，只要不浪费就好。”

男人们在外面打工是见过世面的，可女人长年在家，老板的话对他们无疑是天方夜谭：自己去拿，没人管吗？想吃多少吃多少？老板同意吗？金嫂满是质疑的表情，没等她说话，我拉起金嫂招呼芳芳一起去端菜。梅姐死活不去，说这副样子出去太丢人。

一桌人只去了三四个拿菜的，其他人坐等着，我和芳芳拿了好几次才让大家的锅里都有了菜，我的汤锅里也被金嫂放满，“咕咚咕咚”地熬煮着。金嫂招呼我赶紧坐下吃。

大家慢慢吃着，聊着，几个女人的新奇劲还没过去，芳芳捅了捅他男人，说哪天闲了带几个娃也来吃一次吧，男人嘴里吃着菜赶紧点头。梅姐也咋呼着说还要再来一次，这么便宜，不来对不起自己。惹得大家大笑不止。

强娃吃了一会儿就放下了筷子，大家都让他再吃点，他说吃饱了。梅姐的男人感慨，你这娃，不好好上学，这么小就跟着我们下这苦，你说说，唉！

强娃对这些感慨无动于衷地笑笑，一边玩手机，一边掏出一根烟点上，自认为潇洒地吐了一个烟圈，然后呆呆地盯着那个烟圈放大、升腾、消融在空气中，再狠狠地吸一口，低头继续摆弄手机。他跟着我们干活的动力是为了一部新手机，他一次又一次地说着那个品牌机的广告词：充电五分钟，通话两小时！你们想想，那得多牛啊！

他的话惹得我们大笑，梅姐男人说：“再牛也只是一部手机，还真能变成牛不成？我半辈子没用手机我还是个我，也没见耽搁下啥事。你个尿娃娃，下这么大的苦就为一部手机，你也太没追求了。”

强娃不服气地拄着铁锨把，翻着白眼，咂吧着嘴，一副和我们这些人没有共同语言的遗憾表情。没一会儿又神往地念叨他的OPPO R7，那机身，那质感，那个带电好。他本家哥哥听不下去了，过来照屁股踹了一脚，没钱买光念叨有啥用？

慢慢大家都大方起来，想吃什么就自己去拿，桌子上的菜又添了几次。梅姐和金嫂说着自己家上大学的闺女，相互询问着一年的花销情况，都说孩子出门在外不容易，只要她们不重复我们的生活，咱苦死也值了。我笑着说：“嫂子们，你们可别苦死，你丫头还没让你们享福呢。”两个女人大笑，满是尘土和皱纹的脸上，堆满了对将来美好生活的向往。

盘子里的菜少了下去，没有人再去添，高宝还在闷头吃着，老板把剩下的菜都拨进了高宝的汤锅。他一抬头，一颗突出的门牙得意地露出嘴唇外。他是我们中唯一一个让女人外出打工的男人，他在家一边种地一边打零工。

高宝也停下了手里的筷子。老板询问大家吃饱了没有，都说吃饱了。吃饱了就该回家了。离开火锅店，街灯依然明亮，灯下的我们看着对方的形象还是忍不住大笑。

相　亲

车子驶进了陌生的村庄，一车人说说笑笑，元紧张地把玩着手机，对长辈们的话有些心不在焉。昨天人家姑娘从亲戚家回来了，媒人通知他今天去相亲。

元今年二十三了，小伙子高大帅气，父母本来指望他自己找一个姑娘结婚的，可这孩子性格比较腼腆，一直没找到合适的，眼看着彩礼一年三万五万地上涨，打工的钱跟不上人家涨彩礼。父母索性今年一咬牙，四处托媒人给元介绍对象。今年不结婚，谁知道明年彩礼又是多少。

姑娘早就见过一次，这几天通过微信聊天，相互也有了大概的了解，元对姑娘挺满意，姑娘对元也一见钟情。今天是双方家长见面商量，确定两个人关系的日子。如果没啥意外就谈婚论嫁，元很忐忑，这是他今年冬天相的第三个姑娘。第一个姑娘他没看上人家，第二个姑娘人家没看上他，好不容易这个有点眉目，还不知道今天见家长是啥概念。

元打量着脚边给女方家买的礼物，十斤油、一袋米、一箱纯牛奶、一斤过百的茶叶。第一次去人家家里，说啥也不能太寒酸。再看看车上的人，父亲、三叔、大姑、哥哥、媒人，元心里突然没那么紧张了。不管咋样，说话有长辈呢。

随着媒人的指点，车子七拐八拐，终于停在一户人家门前。初冬的红寺堡，一切显得有些颓败，阳光洒在大地上泛起惨白的光泽，院墙跟前晒着一圈牛粪，湿漉漉的。一只鸡焦急地在牛粪里翻找着，完全不顾两只爪子沾满牛粪。

元和哥哥拎起礼物，跟在长辈身后，听到动静的一家人迎了出来。走在前面的是这家的男主人，个子不高，脸上留着生活打磨出来的沟壑，身后的女人纤细瘦小，颧骨高耸，脸上堆满笑容。

元进门前打量了一下女方家的院子，可能因为搬迁来不久，院子里除了三间房子啥都没有，房子质量和自己家的比也差远了。等进门更让人觉得寒酸，屋子里除了睡觉的土炕和一个二十一英寸的彩电再没别的家具，靠墙放着三个长条板凳，可能就是为今天来人准备的。炕桌上摆着一个茶盘，里面盛了瓜子花生。

媒人和大姑被让到炕上，元和父亲、三叔、哥哥坐在板凳上。姑娘提着茶壶进来给大家倒茶来了。看见元脸红了一下，赶紧避开元的眼神。姑娘偷偷打量着来的几个人，大致猜想着对方的身份，而来的人也注视着姑娘，姑娘个子不高，算不上漂亮，也不丑，但看着机灵。

茶水倒上，姑娘退出去了，两家人寒暄了几句，媒人开始说正题："这两家的孩子都没意见了，咱们就商量一下孩子的彩礼，现在流行'一包揽'。看给姑娘要多少礼钱，多少黄金，然后看给男方退回去多少，大家都商量一下，尽量让事情顺利。"

媒人说完打量着姑娘的父亲，看对方咋回话，姑娘的父亲搓搓手站了起来："这进了一家门，就是一家人。既然两个娃娃都同意，那我也没啥意见。今年的彩礼已经有了行情，我也不胡要，彩礼二十二万元，外加八千元的搅撚钱（女方支付宴席的费用），给女娃的黄金得六十克。"

元一听头就大了，开什么玩笑，二十二万元，还说没胡要，他一个朋友前两天结婚才十九万元，这刚几天，就成了二十二万元。这哪是要彩礼，直接是抢钱呢！想想为了他的彩礼，家里喂养了好几年的两头牛，十几只羊被一车拉走，心里就隐隐难过，那是父亲这几年的心血呢，可也就卖了三万元，自已和哥哥在工地上打了一年工，累死累活地挣了三万多元，加上卖玉米的一万元，离二十二万元还遥远得很。但这里没元说话的份，成不成就看最后大人们咋说。

元的姑姑放下喝了一口的茶水，笑着开始回话："说起来呢，您把姑娘养这么大，要二十二万元也不算多；但是现在说的一包揽，就不能再要另外的八千元了，还有呢，我们那新近结婚的彩礼是十九万元，给女方送十万元，剩下九万元男方置办结婚的家具。咱们也就不看人家了，您要的这个数字咱们再商量一下，尽量让事情成。”

姑娘的父亲一听，双手叉腰开始诉苦：“我也不想要这么多，可是人家现在都这样的彩礼钱，我要得低了人家还说我是冤大头，把姑娘送给人家了；你们看，能成了成，不能成就算了，反正礼钱没得少，少了我的脸往哪搁？”说完居然甩手出去了。

大家满心欢喜地以为今天能把事情说定，一听姑娘父亲态度这样强硬，心一下凉了半截，这还没商量呢就甩脸子，看来成不成还两说呢。

媒人也没想到姑娘父亲居然这样子，尴尬地跑出去把姑娘父亲拉进来：“咱们再商量一下嘛，尽量让事情成。”姑娘父亲双手环抱在胸前，梗着脖子，声音都提高了：“不能再少了，再少我的脸朝哪搁，啊？我把姑娘养这么大，我容易吗？啊？”

听着姑娘父亲一句高出一句的问话，元突然觉得想笑，为了不让自己笑出来，只好低头喝着茶水，元的父亲和三叔已经略微有些不高兴，不过说话有元的姑姑和媒人，他们也不方便再说什么。

元的姑姑经历过好多这样的相亲场面，还是得体地微笑着回答：“不是我们不给那么多彩礼，主要是现在没这一说。您看这样行不行，您呢，也别坚持说您一分都不少，我们对半折，二十二万元，我们送给您家十一万元，给姑娘买六十克黄金，那八千元就别再提了。”媒人也赶紧跟着打圆场，说：“差不多就行了。姑娘嫁过去还要过日子呢，你看人家小伙子这么实在，只要对姑娘好，您也安心不是？”

刚坐在板凳上的姑娘父亲一听这话，蹭一下又站了起来，声音继续高了起来：“那不行，除过那十一万元，这八千元不能少，看在媒人的面子上少一千元，七千元，再不能少了。你们看，不行就算了。”说完又拧着脖子出去了。

元的姑姑喝了一口茶，看着媒人，媒人不好意思地笑笑。元的父亲和三叔站起来说：“看来这事成不了，还是算了吧，八字没一撇呢已经这样，这以后成了亲戚还指不定咋样。”

媒人又出进跑了两趟，姑娘的父亲始终不肯让步，元的姑姑一看不行，就和媒人说算了，准备回吧。元问媒人东西咋办，媒人说拎回去吧。

两家人不欢而散，元出门时回头看了一眼，姑娘的父亲还梗着脖子。姑娘怯怯地站在门边，脸上满是失望。元叹口气转身上了车，车子缓缓离开，一家人都有些生气，不由地抱怨姑娘的父亲，我们这是说亲呢，又不是抢亲，一副和人吵架的样子还怎么结亲。元看着车窗外愈来愈远的村庄，心里略微有些惆怅，刚刚和姑娘建立起来的一点感情就这样结束了。

晚上元收到姑娘的微信消息，说他父亲不要那八千元了，元没有回话。第二天，姑娘又发消息，说彩礼不变，黄金只要四十克，元还是沉默着。

过了两天又一个媒人传来消息，说有一家姑娘，让元准备一下，再去相亲。

那些年，那些坏

一

娘是个极其节俭的人，针头线脑收拾在大（父亲）编的一个小箩筐里，锁进了炕上放着的炕柜里头。娘把钥匙揣进贴身的衣服兜里去队上挣公分。我看着锁子锁起来的炕柜，心里充满了对娘的抱怨：不就一股股烂线嘛，天天锁起来干啥?

我想缝个沙包，缝个布娃娃，我还想给布娃娃缝两身衣服，但是娘把针线和布都锁起来了。娘以前是不锁的，前一段时间我把娘的一块大花布剪了，准备给妹妹缝个花裤裤，结果花裤裤没缝成，却把娘的一整块布剪得乱七八糟，线更是浪费了好多根。

娘回家一看，气得衣服襟襟乱颤，那可是娘留着冬天给妹妹缝花棉袄的布，就这样毁我手里了。娘狠狠地揍了我一顿，打得我的屁股青一道紫一道的。再出门她就把针线收拾到一起锁起来才走。

但是我太想要个沙包和布娃娃了。我抱着妹妹给三奶奶拣了一下午韭菜，三奶奶给了我一块比手帕大一些的花布。可是没有线，我的沙包和布娃娃还是缝不成。我想趁娘不注意偷几根线，或者看娘哪天忘了锁炕柜，可以乘机拿几根线，但是娘的记性始终很好，我揣着花布等了很久也没有让我的鬼心眼得逞。

那天早晨娘上工走了，我在叠被子，突然发现被子上的引线是两股。这个发现让我兴奋不已，我用剪子轻轻剪断一股慢慢抽掉，再剪断另外一行上的一股抽掉。整个被子上我抽出来五根长线，而剩下的那股线不细看根本发现不了。我为自己的聪明激动得不得了，趁娘不在，赶紧缝我的沙包。布太少了，缝的沙包和鸡蛋差不多大，剩下的也不够缝个布娃娃，让我遗憾了很久。

剩一股引线的被子几天就断线了，棉絮全散落了，娘只能重新缝被子，娘一边缝一边骂：这几个土匪，晚上不好好睡觉，看把被子蹬成啥咧！

二

沙包耍了一段时间，就耍腻了，看见邻居家的孩子在玩鸡毛毽子，爱得不行。但是做鸡毛毽子要麻钱、线和布，还要鸡翎膀和鸡毛，而这些我一样都没有。

阿喜也想要一个毽子，我说咱俩自己缝，她说咱没麻钱啊，我说你有针和线吗？她说有。我说麻钱我想办法，针线你想办法。她说咱们没鸡毛啊，我说先弄来麻钱和针线再说。

姨娘家有一小罐罐麻钱呢，我要两个应该不是什么大事。但是姨娘家离我家还有七八里地呢，咋办？正想呢，舅舅骑着自行车来我家。娘嚷着让我给舅舅泡茶、做饭，我给舅舅泡好茶，出来偷偷骑上舅舅的自行车一个奔子去了姨娘家。要了两个麻钱慌慌张张就朝回骑，下坡的时候自行车刹车不好，车子像一匹马一样冲了下去，一头栽在路壕里，我被撇出去很远，摔在旁边的洋芋地里，把人家的地砸了一个坑。爬起来一看没受什么伤，赶紧看舅舅的自行车。一看坏了，自行车一面的脚踏子碰歪了，顶在护泥瓦上。唉，坏了，这要让娘看见，我的屁股又得开花，咋办啊？

一回头看见旁边有一块石头，想也没想就拿起来从三脚架伸过去砸脚踏子，你还别说，几下就给砸端正了。我骑上车继续狂奔回家。刚进门就挨娘一顿骂，说不给舅舅做饭上哪里疯去了。要不是舅舅等着吃饭，我又挨一顿打。我停好自行车奔向厨房，赶紧给舅舅做鸡蛋长面。

送走舅舅我急忙去找阿喜，三两下就缝好了毽子的底座，中间把鸡翅膀上的粗翎膀剪上半截空芯的，一端劈成三部分，用线固定在底座上，一边保持完整，等着插细小的羽毛。细小的羽毛又在哪里呢？

正发愁呢，阿喜家的芦花大公鸡“咕咕”地开始唤母鸡。我招呼阿喜，对这只公鸡连追带堵，好不容易抓住它，我们俩仔细对比哪里的鸡毛好看。最后一致觉得鸡脖子上的最好看，好吧，大公鸡，就你脖子上的毛了。

等我们俩把毽子穿起来，这只大公鸡脖子上基本没剩几根毛，大公鸡的惨叫声惊得其他鸡四散逃窜，我们俩装作没听见。把鸡放开时，这只鸡有点不会走路，呆头呆脑地站在院子里不知道干什么了。

阿喜的娘下午回家问阿喜鸡毛怎么不见了。阿喜说，和其他鸡打架打输被对手啄光了。

三

大那一年春天养了一窝兔儿，白得和雪一样，大爱得不行，想尽办法伺候这些兔儿。

不久兔儿又生了一窝小兔儿，一样的雪白，大高兴坏了，照这样下去，到秋天还不得满院子跑的都是小兔儿。大天天关注着他的兔儿，希望早一点看见兔儿满院。

有一天早晨，大起来还是去看他的兔儿，结果看见兔窝像被土匪抢了一样，大兔儿被咬死了，小兔儿失踪了，到处都是血和散落的皮毛。大看见这样的情景气疯了，一下子就联想到老田家那个偷吃狗。肯定是它吃了小兔儿，咬死了大兔儿。

愤怒的大捎了个镢头去找老田家的狗算账。那只狗睡得稀里糊涂，被大和老田吵架的声音惊醒，狗不知道这两个人大清早为什么这么大声音。

大坚持说田家的狗吃了他的兔儿，老田坚持说狗一晚上都在。两个老邻居互不相让，后来老田气得也不行，就说：你既然非说我家的狗吃了你家的兔儿，你就把狗打死给兔儿抵命去。

老田这是气话，心想：你咋也不能打死狗给兔儿抵命吧？可大实在太爱他的兔儿了，听见老田这样说，抡起撅背就照着狗头砸下去了，而且是连续砸了几下。可怜这只狗还没搞清楚状况就被打得昏死过去。老田一看大真的把狗打死了，不由得气笑了，说：没想到你真和狗较劲儿啊！

好在那些年狗不值钱，大把人家的狗打死也就打死了。老田把狗用车子拉到一个壕沟里倒了，叹口气：你说你，净让你的嘴把你害了！

这件事情到这儿本来就结束了，可三天以后，那只狗居然摇摇晃晃爬出了壕沟，又摸回老田家去了，惹得一村子的人大笑，老田看见回来的狗也大笑：你个狗东西，命真牢！

狗活过来后，大再没有找上门去，大的兔儿到底是不是这只狗吃的谁也说不上来。大后来和老田做了儿女亲家，那只狗也活了好几年才老死。

四

广娃娘的眼睛经常水嚓嚓的，总好像有淌不尽的眼泪装在眼眶里。也难怪，广娃娘怀着广娃时广娃大就去世了，留下这孤儿寡母在世上挣扎着活着。

广娃娘过日子唯一的指望就是几只下蛋的老母鸡，所以她把老母鸡看得比广娃还重要。广娃老看着一个个鸡蛋流口水，但是鸡蛋总也吃不到他嘴里；广娃有时候趁娘不注意偷一个出去在野地里烤着吃，那味道只有一个字：美！

但是有一天偷鸡蛋的广娃被娘抓住了，一顿棍打得广娃三天没爬下炕。从那以后，广娃心里开始记恨娘，也怨恨起那几只老母鸡。广娃和娘不咋说话，一闲就跑到外面村子偷鸡摸狗，日子过得比在家舒坦。广娃不怎么回家了，只看见广娃娘一遍又一遍地擦眼睛。

这一天广娃闲逛回家了，看见那几只老母鸡，难得地对娘说，宰一只吃肉吧！广娃娘说不能宰，鸡正下蛋呢！广娃冷笑一声，摔门而去。

广娃娘下午回家，一眼就看见一只老母鸡在墙根不动弹，跑跟前一看，已经死得硬邦邦的。广娃娘大哭，这时广娃也回家了，看见娘哭，不但不劝阻，还说，哭什么哭，你不是说让鸡下蛋吗？硬是让下蛋给累死了。广娃娘哭得更厉害了。

多年以后，广娃已经不是那个游手好闲的广娃，他学了装修的手艺，混成了小老板，也知道孝敬娘了，他给娘买了一群小鸡娃拉回来，拉着娘的手说，娘啊，当年儿子糊涂，你不给我宰鸡吃，我就摔死那只老母鸡气你，现在我买了一群赔给你，希望你原谅儿子。

广娃娘又一次想哭，但看着满院子欢快的小鸡娃，她又欢喜地笑了。

五

几个娃娃凌晨四点半就起身了，说是要去上学。上学的路很远，要翻一座山，还要蹚条河。九月的天气已经冷了，他们一人抱一捆胡麻柴，边走边点火照亮。

就算路很远，也不需要四点半就起身——但是他们揣着昨天就计划好的目标顶着黑暗出发了。一路行走，不是点了人家堆放好的洋芋蔓蔓，就是把人家码放好的秋田捆捆搡倒，还猜测明天主人家看见时的惊讶，肯定想不到这是他们半夜里干的，一定有鬼！想到这儿，他们忍不住得意地笑了。

快接近那户人家时，他们几个默契地保持了绝对的沉默。按照昨天商量好的留两个人望风，其他人搬开人家栽着保护菜园的黑刺，爬进去。

爬进去干吗啊？这户人家种了一园子红萝卜和白萝卜，长得绿油油的。他们早晚路过看见都馋得流口水，可那个黑脸老汉天天下午坐在路边看着，也没有要给一个的意思，还不让他们看，还大声地呵斥他们赶快走开，好像看一眼就把他家那一片萝卜看没了。大家气坏了，三要不如一偷，约定第二天起个早，一人拔他两个下馍馍吃。

爬进去的娃娃被黑刺扎了也不敢吭声，急急得摸黑拔萝卜，胖的是白萝卜，细的是红萝卜，一样一人两个，数着数拔，咱说话要算数。

拔好萝卜扔给外面望风的，他们又爬了出来，把黑刺给人家复原好，心才放到肚子里。一人拿着四个萝卜去河里洗泥，害怕主人家天亮发现，拧下来的萝卜秧子直接扔河里，让顺水飘走。河水真凉，洗干净萝卜撩起衣襟擦干水装进书包，大家都觉得自己干了一件了不起的事情。

到学校还早呢，校门都没开，掏出一个萝卜一个馍馍坐在校门口吃了起来。萝卜太大了，馍馍吃完萝卜还有大半个，吃得人肚子里辣乎乎的感觉。唉，想象中的萝卜味好像不是这样的。再一看年纪小的那个娃，怀里抱着半截萝卜靠在学校院墙上睡得啥都不知道。

下午回家时更愁，萝卜装挎包里真重，而且背回家给家里人咋说啊？说自己半夜四点半起身就为偷人家两个萝卜啊！唉，看娘不揍死！

丧家狗

看见我，不停地摇尾巴，臃肿的腰身配合着尾巴左右摇摆，献媚似的蜷缩着身子，做出讨好我的模样。我经过它身边时把一盆剩饭倒给虎虎，转身就走，忽略它所有的努力。它不敢跟着我，远远盯着虎虎的食槽，我听见虎虎一边吞吃一边发出示威性的嘶吼。

儿子拉着我的胳膊苦苦哀求，让我收留那只流浪狗。我不愿意，家里已经有虎虎了，一只成年的彪悍土狗，看家护院绰绰有余，而且极其好喂养，猛然间再添这样一张狗嘴出来，会打乱我原来的生活秩序。儿子不屈不挠地坚持着，还拉上女儿一起说情，跟我保证这条狗的伙食他们自己解决。

我拗不过儿子的执着，心一软，这条儿子起名叫欢欢的流浪狗，就入住到我们家的院子里了。儿子给它起这个名字是有原因的。大概一年前，儿子收养了一只黄颜色的流浪狗，也叫它欢欢。儿子很喜欢这只狗，精心喂养着，那是一直聪明伶俐又乖巧的小狗。就在儿子把那只小狗喂得膘肥体壮，能看家护院的时候，这个小东西跟着一队流浪狗跑了。儿子找回来了两次它都不肯留下，之后就再也没回来过，儿子失望了很久。

儿子继续叫这个狗为欢欢。它很小，浑身雪白。这种狗是流浪狗杂交产下的幼崽，长成年也不过一个小板凳大小。儿子每天从学校收集碎馒头、剩饭喂养它，甚至把学校早晨给的早餐鸡蛋都留给它吃。

我们家的虎虎是高傲的，大多数时间都沉默着。可只要它出声，就一定是家里来陌生人了，或者其他的鸡狗闯进了我家后院。作为一只看家狗，虎虎忠诚且尽职尽责，吃饭也不挑剔，一把麸皮，半碗剩汤就可以喂饱它。新来的欢欢试图和虎虎处成一家子，但虎虎不屑去搭理这个小不点。每次欢欢示好都被虎虎龇着的尖利的犬牙吓走，它的活动范围只在虎虎缰绳够不到的地方。

儿子说一窝三只小狗，他和几个小伙伴一人抱养了一只。我说欢欢如果是女生就不要领回来了，将来长大再生一窝小狗崽可怎么好？儿子说小伙伴们看了，说欢欢是男生。

我虽然不喜欢这个新来的欢欢，但碍于儿子的情面，还是勉强容忍它在院子里自由活动。院子里突然多出这么一个小东西，你一出去它就在脚底下来来回回穿梭，让人觉得极不方便。

欢欢的存在和虎虎是有区别的，虎虎拴在固定的地方，大小便都能清理。而欢欢因为太小，就满院子溜达，而这家伙又特别黏人，我对它敬而远之。我不许它进屋，儿子也数次保证绝对不领它进去，可这欢欢并不给儿子长脸。

有一天早晨，我起来穿放在台阶上的干活穿的鞋子，却只剩下一只。我以为晚上风大，刮到哪个角落里去了。就满院子找，一抬头，欢欢两只前爪抱着我的鞋子，摁在地上用牙齿撕扯着玩。我撵过去，它扔下鞋子跑了，只留下一只揭了鞋面的鞋子给我。

儿子不停地向我道歉，我翻着白眼不肯接受。我们娘俩在吵架，欢欢却在院子里追着两只老母鸡，一会儿不让人家吃食，一会儿又用牙齿咬鸡翅膀。两只好脾气的老母鸡面对这个小东西毫无还手之力，只时不时发出惊恐愤怒的叫声。我痛恨它做了坏事还能如此若无其事，想着它要把我惹急了，我就把它驱逐出去。

欢欢终究是把我惹急了。洗好晾在外面的袜子，脱在外面的鞋子，女儿的沙包，儿子的陀螺，凡是它能拖动的东西，要么挪到另一个地方，要么就是撕扯得不成样子。甚至有一天邻居来控诉，说他新买的皮鞋穿了一次放在台阶上就被欢欢拖走一只，他女儿找了一早晨才找回来，还好没有撕扯。我气急了，抄起儿子的拖鞋给了欢欢两个耳光。这小东西哀嚎着逃窜出院子。从那以后它看见我就躲着走，可干起坏事来就忘了挨打的事情。

欢欢越来越肆无忌惮。它居然趁我们不在家钻到屋子里面去，把沙发垫子扯了一地。这还不算，更可恶的是它把尿撒在了地板上。我回家一看大怒，追着它又是几拖鞋底子。我给儿子下了最后通牒，再不把这只小东西弄走，我就把它送给狗贩子。

村子里隔三岔五都有一辆收狗的车，车上拉着大大小小的狗，目光呆滞，毛色颓败。有些人家的狗，主人不愿意喂养了就送给狗贩子，也有卖个三五十块钱的。没有人去追问这个人把狗收去干吗了，只要把自己眼前的这只狗处理掉就行。

我是被这小东西气急了才这样说的。儿子信以为真，苦着脸，希望我给他点时间来安排欢欢的去处。有一个邻居没有狗看门，愿意接受欢欢。儿子和小伙伴扯了一根绳拴住了欢欢的脖子，强行把它拖进了邻居家的院子。

拴起来的欢欢老老实实做了邻居家的看门狗。可邻居数次在我跟前嫌弃，说欢欢就知道吃喝，不知道看门，来个人也没反应，白养活它呢！我讪笑说，或许长大点就知道了吧。邻居说，谁捉的狗随谁的性子，你儿子那么好脾气，捉的狗不咬人也正常。我为这句话心里不痛快了好久，但好歹欢欢有家了，总比把它给狗贩子好吧。

几个月之后，有一天儿子和我说，欢欢怀孕了！我又拿白眼翻他，你不是说欢欢是男生吗，怎么会怀孕？儿子不好意思地笑着说，我怕你知道欢欢是女生不要它。

这个消息让我担忧起来，现在的狗太多了，多到讨人嫌的地步。

只要出门，田间地头，乡村城镇，大街小巷，到处是一组一组的流浪狗在跑。去镇上的那条路上，隔三岔五横着被车碾死的流浪狗尸体，大小不一，各种颜色，场面血腥惨烈。

欢欢怀孕了，这对于欢欢是个厄运。如果只是它一个，谁都可以收留它，可它要有一窝小狗崽，那它就会失去吃住无忧的生活。没有人会愿意喂一群狗。早些年在老家，家家养看门狗。家里的狗要生一窝狗崽就成了负担，除了有亲戚要收养的留下，其他都是趁狗崽眼睛没睁开时，拿一个筐装上，提到石崖沟，从悬崖上面扔下去，扔下去的狗崽没有一只活着回来。

我早晨出去，欢欢从一堆旧塑料堆里探出脑袋，眼睛里流露着胆怯的神情。我叹口气，不愿再去看它，免得它以为我要撵它又落荒而逃。它的腰身已经很臃肿了，邻居解开缰绳放了它，他们是希望它去流浪的，流浪到哪里不管，只要别把狗崽生他们家就好。大半年过去了，它仍然记得这是它曾经的家。我不愿意喂它，虎虎也不愿意和它分食，而它自己则是一副低眉顺眼、寄人篱下的表情。儿子升初中走了，女儿时不时地偷着喂它。它就这样厚着脸皮又留在了后院。只不过学聪明了，再也不到前院里来。

我的儿子我的羊

一

寒冷的冬夜，一只母羊产下三只小羊。当我们发现的时候母羊已经生产完毕，浑身湿淋淋的，舔着它的小羊，不知它经历了怎样的疼痛和挣扎才会被汗湿成这样。它顾不上喘口气，缓解一下生产的疼痛，就投入到了对小羊羔的照顾中。一只小羊羔已经夭折，像只大虾一样裹在胎衣里，它的死亡原因是，没有及时撕破胎衣窒息而死。活下来的两只一大一小，极不对称。大的在母羊爱怜地舔过身上的胎液后摇摇晃晃站起来找奶吃，小的比猫大不了多少，窝在墙脚无力地叫唤着，让人看着揪心。母羊有些力不从心，站着一声声呼唤着小羊羔，希望它能摸索到自己身边来。

我打着灯无奈地看着，不知道怎样才能帮到这只小羊羔，此时儿子不顾小羊身上挂着黏糊糊的胎液和血迹，挽起袖子就去扶它。可这小东西就像没长骨头一般，软软地瘫着，怎么扶都没站起来的意思。灯光下，母羊身上缓缓升腾起雾气，它的眼睛泛着瓦蓝的光芒，防范地盯着我们，身影有些虚幻。儿子扶了半天也有些气馁，沾了血的两只手举着，和我念叨这小羊还能不能存活。

突然他跳起来对他老爸说，咱们给小羊生堆火烤烤。这个主意不错。他老爸抱来一捆玉米秆，折断，生起了火，一时间羊棚里温暖了起来，儿子抱着小羊不停地转换位置，让它享受最舒服的温暖。母羊已经疲惫不堪，咩咩地唤着小羊却没力气过来舔小羊。那只大点的羊羔已经摸索着吃了一气奶，走路开始稳健起来，此刻正歪着脑袋打量着它出生的场地，满是好奇，火光在它的小眼睛中逐渐明亮，又黯淡下去，复又明亮起来。

火烤得小羊舒服地闭着眼睛。儿子一直等它全身干透才让它卧在地上，它还是没有站起来的意思。儿子说让它吃点奶看能不能站起来。我和丈夫拉住母羊不让它活动，儿子不顾肮脏地抱着小羊追逐着母羊的乳头，希望这小东西能含住吃几口。眼看着小羊的嘴已经挨上乳头了，可母羊一挣扎又错过了，就这样反反复复，它也没吃上几口奶，急得儿子恨不得替它吃几口好让它站起来。折腾了半个小时，我们都有些不耐烦了，只好给它身下铺了些干草，看它的造化吧。

儿子一觉醒来双手攀上我的脖子，把他的脸挨到我脸上，闭着眼睛嘟囔：“妈妈，我梦见那只羊羔死了。”我不知道怎么安慰他的情绪，昨天从早晨起来他就待在羊圈里，费尽心思伺候那只羸弱的小羊。一会儿拉着小羊去吃奶，一会儿又把自己的手指伸进小羊嘴里试探它会不会吃，一会儿又跑去买来奶嘴找来奶粉喂小羊，竭力想让小羊羔活下来。昨晚他苦着脸和我念叨，说估计这只羊羔是活不了了。我说你看它只有那只大羊羔的一半大，活下去很难。他嘟着嘴巴不再说话，眼睛里闪烁着痛惜和纠结。

早晨起来，雪继续在下，我去添草时发现那只小羊的身体已经僵硬。蜷缩在角落里一点都不显眼，它生命的最后时刻无人作陪，它没经历太多的痛苦折磨，从出生就像马上要死去一样。儿子的努力不过是稍微延迟了一下它死亡的时间。母羊的神情看不出悲喜，不慌不忙地嚼着干草，不时抬起头呼唤一下活着的小羊羔，小羊羔跟在母羊身后转悠，左顾右盼地观望，偶尔还跳起来撒个小欢，我想它肯定不会哀伤它死去的同胞。

我走出羊圈回到屋里，裹着被子的儿子抬起脑袋，眼里满是询问。我只能残忍地告诉他小羊死了。他没有说话，爬起来嘟着嘴默默穿衣服。我知道他要去看一眼小羊，然后处理它的尸体。

二

一只小羊羔拉肚子，我和儿子一起抓住给它喂药。他把这只小羊叫“大眼睛”，我一看，眼睛还真是比其他小羊大。羊妈妈

怕我们伤害它的孩子，越过几只羊挤过来看。头挨到儿子脸上后用鼻子嗅嗅，还准备伸出舌头舔儿子的脸。儿子甩着头躲开，大声冲羊说：“连你也知道我帅啊？但也不用表达得这么明显好不？”羊妈妈可不懂“帅”是什么意思，它只关心我们娘俩抓住它的孩子要干吗。羊妈妈挤在儿子身边怎么赶都不肯走开。

我强行掰开小羊的嘴，试着把药用食指塞进它嘴里，它点着头像嚼豆子一样慢慢吃了。我一看不错，又塞一粒进去，我还没来得及拿出手指，它就开始咀嚼。我惊叫着从它嘴里夺出我的食指，一股钻心的疼痛蔓延开来。我龇牙咧嘴使劲甩着手想缓解这种疼痛，儿子巴巴地看着我：“哭吧，我不会告诉别人的，哭出来就不疼了。”哈，本来疼得受不了，却被他这句话说得我哭笑不得。那只小羊一脸无辜，歪着脑袋继续嚼着它的药，一副事不关己的表情。再看我的手指，一丝血顺着指甲缝渗出。一直以为猫啊狗啊才会咬人，今天才知道，羊也能把人的手指咬出血，我在心里惊叹着。

喂完药和儿子喂羊，拌完草料，关好羊圈门出来，才发现水桶忘了拿出来。我一念叨，儿子撇嘴抱怨，我讨好地和他道歉，准备翻过一米高的墙去拿。儿子拉住我的胳膊故意叹口气：“还是我翻墙进去吧，你老人家一大把年纪，老胳膊老腿，蹿上跳下的多不方便。”说完用手撑住墙面一跃进了羊圈。我那个郁闷：什么时候我在他眼里已经一大把年纪了，还老胳膊老腿？看着他递出来的水桶，我有些不愿意接。他大笑，把桶放墙上又跳出来。一只手提着桶，一只手拽着满脸不高兴的我离开。顺便又提醒我：“今天这事就别写你空间了，让你网友看见又笑我。”

三

秋天，放羊成了一种功课，每天都在继续。天气略显清凉，玉米到了收获的季节，一场忙碌即将开始。抬头仰望，天空不时有雁群飞过，它们为追寻寒冷季节里的一丝温暖，执着而坚强地飞翔，在季节变换中来来去去，提醒着人们时间过去了一年又一年。树叶摇摇欲坠，只等一场更冷的秋风秋雨，它也要回归大地母亲的怀抱了；树叶没我这般思绪万千，不然它会诉说一种喜悦还是哀伤？

羊儿欢快地吃着草，几只羊羔顽皮地在羊群里相互追逐，偶尔停下来对峙，用稚嫩的犄角和同伴对打。领袖就是在这种对打中诞生的，白褐色相间的那只小公羊打败了对手，高高扬起头颇挑衅地看着其他伙伴，寻找下一个挑战的目标。吃痛落败的羊羔委屈地缩回到羊妈妈身边，老实地跟着吃草去了。无角的大公羊很少安静地吃草，昂着头龇着牙嗅着空气，捕捉着有没有母羊发情的讯息，或失望地低头，或兴奋地追逐。母羊一直是贪吃的，它们很性急也很浮躁，碰见好点的草粗略地吃几口就走，以为前面有更好更鲜嫩的，可冲到前面才发现草不如后面的，又忙忙折回来吃，如此反复，直到把草啃得只剩下草根。

一场潇潇秋雨让放羊的劳作早早中断。我打着伞，身后跟着羊群，慢慢悠悠朝家里挪。羊群后面跟着儿子和我大嫂，小家伙不知道在学说着什么，惹得大嫂大笑。雨沙沙地打在伞上，遮住了他眉飞色舞的话语，断断续续听见他呵斥那只馋嘴的羊，不让它偷吃路边的玉米。我回头透过雨丝看着他，被雨淋湿了的头发一撮一撮立在头顶，估计是他用手整出来的新发型，裤角上沾着走路踢起来的泥土，右手撑伞，左手拎着几个捡的玉米棒子，边走边和大嫂说话。

我继续领着羊群开路，远处的罗山笼罩在一片黑云中，天地一色，雨不停地下着，把这片土地霸占成它的王国，随意肆虐。今年秋季雨水过多，惹人厌烦。可天要下雨，是自然而然的事情，抱怨没用。人也一样，总在忧虑这样或者那样未知的烦恼，其实说到底，还是改变不了早就注定的结果。顺其自然说起来简单，做起来却是那样的难。

四

夕阳下，儿子看着羊吃草，无聊的他捡了一个废弃的塑料桶，突发奇想站上了高处，左手执木棒，右手提塑料桶，敲击出他认为的曲子，扯着嗓子跟着曲子吼起来，冷风刮得他的小脸通红，略微的感冒让他不停地吸着鼻涕。他就这样颇有气势地引颈高歌，自娱自乐，此刻在他的心里，高处就是舞台，他正演唱着最动听的歌曲。

羊在他脚下吃着干枯的树叶和散落的玉米秆，偶尔抬头望着这个少年的痴狂，又迅速低头吃草。油桶发出沉闷的“砰砰砰”的声音，羊没有被惊吓得四处逃窜，好像他们是懂得欣赏音乐似的。

儿子敲击停止的间隙，远处飞来一大群麻雀。一个挨一个落在杨树枝上，让树枝变得臃肿起来，叽叽喳喳吵闹不休。儿子抬头一看，使坏地狠狠敲了一下油桶，刚落脚的麻雀惊慌失措地又一次起飞，那情景，居然像秋风吹落叶一般好看。儿子冲着飞走的麻雀吐了吐舌头，独自大笑。杨树顶上喜鹊的巢破破烂烂的，四面漏风，只看见一只喜鹊来来回回地忙碌。不都说鸟儿是比翼双飞的吗，怎么这只一直单着？

儿子的歌声又一次响起来。羊还是波澜不惊地吃着草，羊羔撒娇地跪在母亲身边索奶吃，母羊回头看着，眼里满满的柔情。

隆德随笔

老巷子随记

老巷子——完整保留了隆德一个特色旧村子的风貌，古老的图腾、雕刻，石头堆砌的台阶，铺就的小巷，散落着的一棵棵老树，墙壁上镶嵌着的百家姓，抗战时期的标语，门上悬挂的大红灯笼，守门的铜铸雕像，组合出了老巷子浓郁的传统文化氛围。

其他一些东西，比如树荫下的木桌木椅，沿路摆放的一个个碾子，应该是人为添置的，但不影响这个景点的整体美感。那句让人无限遐想的话刻在巷子的一面墙上——“我在老巷子等你”，后面缀着英文的说法，我觉得是突兀的。不少文友停留在这面墙壁前留影，我也跟着凑了一下热闹。

在这里我邂逅了认识很久的隆德文友——狼毒花，一个时尚漂亮，喜欢文字的姐姐。哈，还真是在老巷子等我呢！西吉的文友老康是个很能活跃气氛的人，对每个人都能关照到，戏言自己是一群女人的“保男”。帮这个拍照，帮那个拎包，老巷子洒下他爽朗的笑声，也让一群文友深深记住了他。

我们就这样邂逅老巷子，笑在老巷子，隆德，有深厚传统文化的地方，感叹这里的人，创造了这样美的景……

在路上

坐车行走在弯弯曲曲的山路上，路两边的沟沟峁峁、山村人家快速划过，看见了打麦场、草垛。这个季节麦子已经碾完装进了麻袋。场空了出来，等着秋田上场。

这里的土地没有一分浪费，只要不是砂石地，就被开发成可耕种的土地，不规则地散布着，像给山上补了一块块补丁，各种形状。胡麻已经泛黄，有的开始收割，有的还整块长着。一垄垄洋芋苗变得面黄肌瘦，秧蔓有气无力地搭在垄上，像久病的婆娘。没有种庄稼的地里除了草还是草，怎么就那么多的草？是不是草也跟着人学会了跟风？

一抬头，看见一个老农弯着腰在山顶有斜坡的地里收割燕麦。云朵飘在他的头顶，仿佛一伸手，就能扯一片云下来。远远看去，他好像是把自己挂在山上，成为了山的一部分。车速很快，转眼就看不见他的身影，我突然很怀念逝去的公公、父亲。他们也曾经大半生把自己的身影挂在山上，从这个山头奔向那个山头，辛勤劳作着……不曾有丝毫闲暇，直到将身体融入到那片他们为之奔波过的土地里。

快速行走的车让我只看了那个流浪的人一眼。黑色是他全身的颜色。长发披肩，脸和头发一个颜色，手和棍子也和头发一个颜色，身上的衣服仍然和头发一个颜色。萧条的公路上，除了车就是他拄着棍子在行走。我不知道他的性别，车子一个个从他身边呼啸而过，带起的尘土一遍遍将他隐身，一会儿他的影子复又清晰。他只走他的路，目不斜视。他要去哪里？哪里才是他的终点？也许他想去哪里就去哪里，想走多远就走多远。我们天天喊着向往自由，但是又有谁可以孑然一身，携一根棍子去行走天涯？无法舍弃，何谈自由！

树和人是最亲密的，只要在道路两边有树木集中的地方就有村庄，杨树、柳树、杏树、李子树、榆树、桑树，各种各样的树将一个个村庄掩映其中，只露出房子的边边角角，像刚过门的小媳妇羞涩地打量陌生的环境。呼啸而过的车让人无法细致地看清楚这些村庄的样子，只有青瓦上长着的厚厚的苔藓，那些坍塌了的墙壁，证明了村庄的久远，历经的风雨。

爬　山

我在夕阳快落山时爬上了山顶，满头大汗，看着我前面走着的穿红衣服和黄衣服的两位美女，尽情地奔跑、拍照，我是感动的，感动于她们的活力和自信。我爬上的这座山是六盘山群峰中的一小座，被群山环绕，对面一座牛舌头般的小山横在谷峡的中间地段，山上的梯田已经没有庄稼的影子，被各种各样的草强行侵占，得意地肆虐横行。

山底下是一个新开发出来的景点，叫范家峡。有小溪聚成的湖，有原木做成的桥，有遗落的村庄，这些景搭配组合了范家峡的美丽风光，但是对于看过老家山水的我来说，并没有多少惊叹，因为泾源的山水更奇绝。

此刻我站在山顶，看着夕阳一点点落下，听着山下喧天的声乐，心里平静如水。我在想以前，我们翻越过的山，我们天天看着的水，它们那么无趣和生硬，阻挠着我们的视野和脚步。我曾经无比讨厌和憎恨爬山，我厌恶我的家被群山环绕，被水流拥抱，怎么也不会想着有一天山水会成为风景让我怀念。

今天站在这山顶，我是如此自责我曾经的想法。身处平原十来年，爬山成了奢望，我多想和过去一样，自由地徜徉在山上，去山顶看云，折一把灿烂的山丹丹，惊起野鸡野兔，追逐它们远去的身影。

天色渐暗，我身后更高的山上半山腰正在修路，那条路是通向我老家的，我以为翻越那座山就看见了泾源，可同行的文友姐姐说没你想象的那么近，心一时怅然。我离开了泾源，终究成了

那里的过客。

东边的天空已经可以看见残月升起，两个美女还在捕捉着镜头。我不忍心打搅她们的兴致，一个人缓缓下山，路边的野草密密麻麻，野花开得正艳……

范家峡的夜晚

暮色中的范家峡并没有宁静下来，随着淋了汽油的一大捆原木被点燃，震耳欲聋的劲爆音乐响起，喧闹开始在峡谷中弥漫，八十多人的聚会，狂欢开始。

近四米的火焰染红了夜空，照亮了每个人的眼睛，点燃了激情，一群人开始围着火焰起舞，一圈又一圈地尽情跳。一群写字的男人女人，此刻没有书本，没有文字，没有思考，只需要跟着音乐舞动身体就好。

越来越多的人加入了进去，圈子越围越大，我微笑着看着每一个起舞的人，他们脸上的表情是相同的，开心和轻松。我被一起的姐妹拉了进去，跟着她们走起来，转了一圈又退出来，我喜欢这样看着他们玩，观察他们的开心，然后感染自己。

一首音乐刚完，另一首跟着响起，篝火周围不时有人加入，有人退出，舞步没有停歇。姐妹们招手让我加入，我微笑摇头拒绝，天上的星星发出点点微光，辉映着篝火，天地的距离如此之近。范家峡以后的夜晚，注定不会再有宁静。

篝火渐渐平息了下来，只剩下烧得火红的木棒还在"啪啪"响着。酒吧里开始另一场狂欢，啤酒一瓶瓶被打开，可乐肆意冒着泡，包间里充满着"叮叮"的碰杯声和彼此的寒暄。因为信仰，这种场合与我们无关，转身离开，与几个知己的姐姐簇拥在床上聊天，开心处，会心浅笑。远处的音乐响起，是谁又开始了不甘寂寞的嘶吼……

戴墨镜的诗人

他从计程车上下来，我一眼就看见。周围车来车往，各种喧嚣，我还是轻易地认出了他，我远远看着，等着确认自己的想法。他四处张望寻找了一下，手去兜里摸出手机。我向他走去的时候我的手机响起。我没接，他一转身，看见了向他走近的我。曾经看过他的照片，总是戴着墨镜，看起来酷酷的样子，这次看见真人，他还是戴着墨镜。微笑，握手，他比照片中还瘦。

和他是在一个共同喜欢文字的群里偶然相识的。在群里，大家都是同龄人。我为他们几个人对文字的执着而感动，也被他们的正直的人品，积极、快乐的情绪所感染。知道他写诗，出了两本诗集。

坐在一家喧闹的餐厅，我们随意聊着，说起一起认识的他的朋友，说起和他们的相识。他一直微笑着，一直戴着墨镜。我猜想他是不是怕人看见他忧郁的眼睛。很想给他拍张照片，但没好意思。

饭菜端来时他摘下了墨镜，我惊讶于他眼神的清澈纯粹，这是一双没有被世俗浊气污染的眼睛，纯净明亮。我们一边吃饭一边说起我的写作过程，说起一个个网友的鼎力相助，一路走来的鼓励支持。

一顿饭吃完，我要去赶车，挥手道别。诗人依旧戴起了墨镜，还是酷酷的样子。愿你安好，愿你初心不改，一切顺达！

文字有缘

去隆德的路上，甘肃的新立老师和几个姐姐在群里一路叮咛，生怕我丢了，因为我没去过隆德。与彭阳的文友王姐早在微信上联系过了，约好她到了就打电话给我。细想来，我认识的文友都是没有见过面的，心里多少还是有些忐忑不安。下午五点，王姐打电话说她到了，远远看见她热情地招呼我，顿觉心里温暖。又和我们泾源的文联主席联系，说她们也入住宾馆了，流落街头两个小时的我，顿时有一种找到娘家人的感觉。匆忙与王姐告别，我得投奔“组织”去。

敲开房门，几张陌生的面孔。之前曾与主席大姐通过电话，但不知道她们中谁才是。我拘谨地进了房门，不知道说什么好。但大家都是泾源人，天生有一种亲切。很快我就知道谁是谁了。主席大姐的随和让我不再拘谨，开始和一起的白姐、冶姐拉起了家常。看着床上躺着玩手机的另一个美女，总是觉得似曾相识，一问她她说也有这种感觉。原来我们初中时相差一届而已，只能感叹这世界真小!

很快到了晚饭时间，在餐厅邂逅了西吉的几个文友，总算见到真人了。“康大侠”是传说已久的人物，杨姐与我曾经同刊发表过文章，小花的故事也听了很久，这次能见到他们，也算是了却了心事。

第二天安排的是去隆德著名的老巷子参观。我们一起的冶姐是个很体贴的人，总是为我们几个操心，令人感动。游览中，突然有人拍我肩膀，转身一看，一个时尚漂亮的姐姐问我是不是溪风。我茫然地点头，那个姐姐激动地说她是狼毒花，我的网友，一直喜欢看我空间里的文字，没想到今天见到我了。我也是小激动了一下，没想到真会和她相遇在老巷子，一时太多感动。

我的目光一直追着西吉的女作家马金莲。她的小说我拜读过，这次居然也见了真人，只是我不好意思近前去打搅。在一个景点前，马金莲和同行的人走散了，我们一起的文友邀请她合影留念，我才和这位西海固的才女站在了一起，她的随和让我难忘。

老巷子有一个亮丽的身影始终吸引着大家的目光，一袭红裙，白帽白鞋，大大的遮阳镜，让这个女子无比灵动，如精灵遗失到了人间，可爱得让人满心喜欢。

一起的白姐是个优雅知性的女子，在她身上有浓浓的书卷气，“腹有诗书气自华”大概说的就是她这样的。

一趟隆德，太多感动。我们相约在隆德，邂逅在老巷子，你有你的精彩，她有她的不平凡……亲爱的朋友们，我们一起努力！

又见野鸡

今年干旱，玉米受灾，底部的三层叶子已经枯黄，急需一场灌溉。我和儿子一前一后行走在水渠边上，检查着水渠哪里需要清理。我手里拖着的铁锨在水泥渠塀上划出刺耳的声响，儿子不满地在我身后嘟囔，我大笑，更加故意地拖着铁锨。

脚下草丛里突然蹿出两只拳头大小、黑不溜秋的动物，吓我一跳。我停下来，儿子急忙问咋了。我以为是鹌鹑，两只小东西已经没入草丛不见踪影。我刚准备继续走，水渠另一边的情景让我紧张地屏住了呼吸，一只野鸡趴在那里一动不动。通体褐色的羽毛上缀着黑色的斑点，几根修长的尾毛搭在渠塀上。这是一只雌性野鸡，那刚才跑掉的肯定不是鹌鹑，而是我们所说的野鸡娃儿。

儿子并没有看见趴在那儿潜伏的野鸡，还在追问我鹌鹑是什么。急得我用眼睛示意他不要说话，他不明所以一脸疑惑，奇怪我不走路对他挤眉弄眼的干吗。还没等我用表情和儿子解释清楚，那只野鸡已经感知到威胁，冲天而起，连助跑都省了，直接飞越玉米地落荒而逃。

儿子这才反应过来，一脸遗憾，抱怨我不早和他说，错过了抓野鸡。儿子还不死心地在野鸡落地的地方撵了一圈，只是哪里还有野鸡的踪影。看着他冲着野鸡刚才潜伏过的地方不停张望，我突然想起自己和他一般大的时候，在老家见野鸡就像见邻居一样家常，怎么也不会这么向往抓野鸡的。

那时候，群山把一座村庄揽在怀里，野鸡生活在村庄周围，村庄里的人一出门就能看见野鸡出没在小路和泉水边，鸣叫和喧闹，或者从这个山头短距离俯冲飞向那个山头。野鸡成了人以外山里的另一批住户。人和野鸡像邻居一样相处着，你看着我种庄稼过日子,我看着你闲散地觅食,彼此相安无事。

山里的五月是个美好的季节,各种各样的花啊、草啊、灌木林啊，为野鸡提供了天然的掩护屏障，让它们自由地生活。老人们听见野鸡清脆的鸣叫都会和小孩子念叨：豌豆拉蔓蔓儿，野鸡下蛋蛋儿！这是野鸡求偶繁殖的季节，食物在这时是匮乏的。饥饿的它们不得不去村民的庄稼地里觅食。庄稼的叶子、根茎都成了野鸡果腹的美餐，它们吃饱肚子的同时也在庄稼地里踩出了一条条“小路”，弄乱整齐的庄稼。

看着被野鸡蹂躏过的庄稼，村里的人开始憎恨野鸡。野鸡才不会考虑它这位邻居的想法，依旧该吃吃，该踩踩。人蹲守在庄稼地里看着，刚轰走一批又来一批，那么多的庄稼地，你看了这片就空了那片，野鸡总能找到合适的庄稼地觅食。人轰赶的效果并不明显，野鸡毕竟是野鸡，跑起来极快，还可以短暂飞翔，人能拿野鸡怎么办？

看着庄稼这样被糟蹋，人心里是相当不甘的。经过仔细观察，人们发现，野鸡每次去觅食走的都是固定的路线，轻易不会更改。人就发明了捕捉野鸡的陷阱装置，起名叫“野鸡叉叉”，安置在野鸡经过的小路上，用树枝稍挡一下旁边的路，野鸡只能走有陷阱的路段。只要野鸡一爪子踩在陷阱上，“野鸡叉叉”就会迅速反弹，一个环形的绳子活扣瞬间勒住野鸡爪子，野鸡想带着“野鸡叉叉”飞走时才发现，另一根细绳拉住“野鸡叉叉”固定在地上，怎么也挣不脱。落网的野鸡惊慌失措，吓走了觅食的同伴。

一只野鸡就这样被困住了，奋力挣扎时漂亮的羽毛被树枝挂落不少，但它还是挣不脱陷阱的束缚。人来了，远远一看散落的野鸡锦毛就兴奋起来。快步冲到野鸡跟前捉住野鸡，用手试探着野鸡胸骨上的肉，看它肥壮还是瘦弱。

雌性野鸡和雄性野鸡很好辨认，雄性野鸡有一身斑斓的羽毛和修长的尾巴，脖颈处还特意蓄了一圈白衬托它高贵的气质。雌性野鸡灰头土脸，通体褐色，像个不会打扮自己的傻婆娘。人捕捉到了野鸡想捉回去饲养起来，可走在回家的路上时雄性野鸡会突然猝死，村里的老人说雄性野鸡性烈，不甘心受辱就自己把自己“气”死了。这个说法的准确性有多少我不知道，但是确确实实是雌性野鸡耐活，也有逮回家成功驯化饲养的例子。

大部分野鸡被捉住的命运是被宰了吃肉，成为改善村民生活的美食。也有人把雄性野鸡整张皮剥下来晾干，再用针线缝合缺口，里面塞进去干麦草，活脱脱做成了标本，悬挂在墙上做装饰。

人和野鸡的和谐关系因为野鸡的贪食一口庄稼而结束了，两个邻居从此对峙起来。人起初设陷阱捉野鸡是为了保护自己的庄稼，但是吃多了野鸡肉，那些不吃庄稼的野鸡也成了人猎捕的目标。人开始做更多的“野鸡叉叉”，在更远的地方安装。

后来一个时期流行做土枪，村民家几乎都有一把。填充火药、细铁砂，用简单的机械原理就能打响，射程五六十米远，打出去的细铁砂呈扇形分散开来。可别小看这种土枪，技术好的人命中率相当高，打野鸡野兔不在话下。

野鸡的日子过得更艰难了，会玩枪的拿枪打，不会玩枪的就安装“野鸡叉叉”，几乎每天都有野鸡落网或毙命成为桌子上的吃食。此起彼伏的枪声打破了山村的宁静，也吓破了野鸡的胆。它们开始向更远的林子里迁徙，渐渐村庄周围再也看不见野鸡的身影了。人成功地驱逐了野鸡这个邻居，开始独霸山村。

后来，别的村子村民闹纠纷用土枪打死了人，县政府一声令下，所有的土枪都必须上缴，派出所全体出动开始挨家挨户询问，一个村一个村收缴。山村的土枪无一幸免全部被没收。

没有了枪声的村庄一片宁静，一两年后野鸡摸回来了。又听见它们清脆的鸣叫在村庄周围响起，人还是会用“野鸡叉叉”捉捕野鸡，但野鸡也学聪明了，开始在灌木林里自寻出路，只有少数会去庄稼地里觅食，所以人的陷阱捕捉到的野鸡极少了。

再后来，不知道哪个黑心饭店推出了野鸡肉这道珍馐美味，开始有人进山村收购野鸡。人又一次开始打野鸡的主意。陷阱旁边撒上麦粒诱捕，去更远的地方安装 “野鸡叉叉” 。土枪又被重新制造出来，隔壁一个山村的几个青年个个练成了高手。他们打野鸡时，先让同伴把野鸡赶出来，受惊的野鸡仓皇飞向高处，他们才开始瞄准，一枪就会命中，野鸡猝然从高处摔落，绚烂的羽毛在阳光下跳跃着刺眼的美丽。一天下来，每个人背上都会背七八只野鸡，然后卖给收购的人，居然是一笔不菲的收入。

野鸡又一次远遁深山，离开了山村，但它已经成为商品和食物，被人追杀的命运如影随形。野鸡再也不能安逸闲散地觅食，它们不知道下一刻会有什么危险等待着它们。

后来因为移民我们舍弃了山村，走时周围的野鸡几乎绝迹。转眼离开已经十几年，不知道野鸡回去了没有？也许它们很容易忘记人类强加给它们的杀戮和驱逐，开始在那里重新安家落户、繁衍生息呢。

晚上开始给玉米浇水，我和搭档打着灯，听见什么在水里扑腾。照过去一看，居然是一只野鸡娃儿。搭档一把捞起来，小家伙惊恐地看着我们。搭档递给我让我拿着，我接过来，明显觉得它在瑟瑟发抖，我不敢使劲抓住它，刚和搭档说怎么安置它好，小家伙一下子从我手里挣脱，迅速湮没在夜色中。搭档骂我太笨，连个野鸡娃儿都抓不牢。我大笑。

还没笑完，脚下一声“扑棱棱”的声响吓我一跳，灯光里，一只野鸡飞了起来，落在十米多高的杨树枝上。我和搭档用灯照着它，它眯着眼睛盯着黑暗中的我们。我走到树跟前用力蹬了一下树身，希望野鸡栽下来好捉住它。直到此刻，我还是觉得它是用来吃的。可惜野鸡并没有栽下来，而是冲着月亮的方向奋力起飞，在天空划过一道美丽的弧线后消隐在了夜色中。

黑眼湾

念旧，似乎是天生的，跟年龄大小无关。我才到而立之年，黑眼湾就开始萦绕在我的梦里，挥之不去。一想起黑眼湾，那个生我养我的质朴小山村，就有温暖在心里滋生。

黑眼湾是固原市泾源县众多山村中很不起眼的一个。泾源县地处宁夏的最南边，与甘肃省平凉市接壤，是泾河的发源地。这里原始森林纵横，山清水秀，四季分明，气候宜人，是贫瘠的西海固土地上生出的一颗璀璨明珠。元太祖铁木真曾经在凉殿峡避过暑，到现在都遗留着著名的点将台。更有老龙潭、野荷谷、胭脂峡、小南川等景点被推向全国，每年吸引各地的游客来观光旅游。

这里四面环山，与外界基本上是隔离开的。我小时候特别不喜欢这个名字，曾经不止一次在心里怪罪给这个地方取名的人：

叫什么不好，偏叫个黑眼湾！一个“黑”字让人心里都明亮不起来，还让山外的人说起就是一种嘲笑的口气。可是已经叫了几百年了，岂是我一个孩子抱怨几句就能更改的！后来父亲告诉我说，这里原来是一个海子，住着一条黑龙，可后来因为这里的人对黑龙不敬重，黑龙一怒就搬家了，其实是叫海子湾，可人们喊着喊着就成了黑眼湾。

大咀山是黑眼湾的门户，无论出山还是进山都要翻越它才行。漫山的灌木把大咀山装扮得巍峨挺拔，气势不凡，几百年风雨中屹立，静静守候着山下的十几户人家，看他们的生产生活，喜怒哀乐。

下了大咀山，过了绕村而过的小河，一片平坦的场地就是我们的打麦场。有四五亩地大，我们一年的麦子、大豆、胡麻、燕麦、莜麦……都拉到这里集中，用牛拉着碾子，“吱呀吱呀”地不知转多少圈才能碾好。然后把草挑到一旁堆放，颗粒和其他杂质等到下午起风时，用自然的风扬出来拉回家。这样的速度一天只能碾一场。秋收过后，碾场会一直延续到冬天。村里人把打麦场当自己的孩子一样呵护着，因为这里承载着他们太多的喜怒哀乐，以及生活的一切。

过了碾麦场再向前，有座小山叫鼻梁洼。比较奇怪的名字，也许是山的形状像人的鼻子而得名，反正从我记事就是这样喊的。我们一群孩子也常常爬上鼻梁洼，嬉闹着，追逐着，惹得妈妈们提心吊胆，连声呼唤自家孩子回去。再向前走就看见坐北朝南的房子了，十几户人家因地势呈条状从东向西或高或低地居住着。村子东边行五百米就是水泉沟，那里有一眼好喝的山泉水四季流淌，供应着村民的饮水。向西经过村子就是石崖沟了，绕村而过的小溪就奔向了那里，跌落石崖沟时扯出了一条美丽的小瀑布，让人生发出无限的美好遐想。

村子是依崖背山坐落的，山上几千亩梯田分布着，土地肥沃，种植着村民赖以生存的小麦、洋芋。为什么重点说洋芋呢？这里与外界隔绝，很少有其他蔬菜流通进来，洋芋就是村民桌子上唯一的菜肴，可以蒸、煮、烤、炖，只要愿意，洋芋就有不下二十种做法。倘若遇上歉收年，洋芋就是村民的命根子，一年家家户户都要储存几大窖洋芋，一直吃到来年新洋芋接上为止。爬上崖背山，顺着半山腰的一条山路，走四五里地就到了韭菜梁。这里因盛产野韭菜而得名。可这不光有野韭菜，还有漫山的野李子树，一到秋天，那一树树黄澄澄的李子让人直吞口水，入口甜而多汁，想吃多少就有多少。还有那红彤彤的野柿子，像玛瑙一样镶嵌在绿叶中无比诱人，能把人吃饱。再就是扎手的毛核桃。更有野酸梨、野葡萄、野毛桃……反正一到秋天，韭菜梁就是我们一群孩子的天堂，那里有品类繁多的野果让人流连忘返。

出了村子向西一直走就到了阳山洼，阳山洼上有座阳山台。我们放牛羊的时候把牛羊赶上阳山洼就再也不管了，一群孩子聚在阳山台上，不是生火烤洋芋就是摔跤，或者把自家的毛驴赶过来骑着比赛。在阳山台上有太多的欢笑和快乐可以播撒，那么无拘无束，自由自在。夕阳西下，埋掉一天的篝火，收拢牛羊，骑着毛驴，在悦耳的牲口铃声中惬意地回家。吃着农家特有的酸爽的浆水面，再在煤油灯下玩一阵羊拐，听大人拉一会儿家长里短，讲一段旧时的传奇……

村子对面有一个叫野猪林的地方，不过从小到大也没见一只野猪出没过，还有那个叫豹子台的地方也没见过有豹子，虎林更是没有老虎。也许以前这些动物在这些地方都有，但是因为人的到来侵占了动物的地方，所以这些地方只剩下名字而没有动物了。

最好玩的大概就是冬天，山里多野鸡野兔，要是有一场大雪那就最好，村里人就全村总动员去抓野鸡野兔。野鸡不擅长长时间飞翔，惊起一只，等它在空中乏力之后，就会一头栽进雪里再也不动，只能任人抓捕。追野兔比较费体力，可年轻人总是乐此不疲。往往是一追就几个山头，总要把野兔追得没有力气跑抓住才罢休。记得有一年的冬天下了大雪，三个哥哥抓的野鸡野兔足有三十多只，放都没地方放。

后来因为生态移民的原因，我们永远地离开了这个世外桃源般的小山村。也许在外人眼里，黑眼湾贫穷又落后，可我知道在那里生活过的人们，一生都不可能忘记那个地方，因为有太多的回忆割舍不下。

那里，是我的故土，我的家，我的天堂。

曾经的千纸鹤

今夜的我，有点迷糊有点疲惫，却又偏偏想起了你。今夜的你，是否记得我们之间曾经的情谊？可对我来说已经不重要了，因为你的名字和你我曾经的书信，如我曾经因为你串起来的千纸鹤，永远飘在心灵最深的记忆里。

认识你的时候，我年少轻狂，能写一堆让别人感叹的文字，喜欢金庸的武侠，痴迷三毛的传奇，亦爱着琼瑶的浪漫。你不经意间在一场误会中成了我的笔友。真的很奇怪，我们千里之遥，你是个富家小姐，有着小姐的任性和骄傲；我是个穷酸女孩，固执且自卑。知道你的大致情况我并不想和你深交。可世上的事情又岂是谁能预知的，一封简单的书信居然给了我们七年的友谊，至今刻骨铭心。

你有一个好听的名字——淑琴，而我却一直叫你书勤，大有鼓励你书山有路勤为径的意思。开始回你信是因为客气和礼貌，渐渐地你的精神世界深深地吸引了我，我们在课余用书信相互倾诉欢喜和烦恼，不知不觉中成了至交。

转眼初中毕业，你因为家庭的原因被内部录取上了师范，而我却名落孙山再也上不了学，我当时的颓废和苦闷无以言说。这时候你居然打听到我家的地址给我写信。我接到别人转交的信时秋雨连绵，你在信上说让我等你三年，你毕业后工作了供我上学。我泪流满面地看完这封信，心里更多的是伤感：我有什么理由成为你的负担?

你开始的是新的校园生活，而我，则是日出而作日落而息的农民生涯。我时常呆立在山顶看着远方连绵起伏的群山，想象着你信中描述的师范生活：和刁钻刻薄的室友斗智斗勇，体育课与班里的男生比赛长跑，情人节收到一盒匿名的巧克力，捉弄那个喜欢你很久的男孩……忍不住为你的幽默和捣蛋大笑。你就是这样的一个女子，总是鼓励着我，即使面对艰苦的生活，也要让自己快乐。

你的信很及时，多的时候一个月七八封。你总是用心地把信折叠成各种样子，或帆船，或青蛙，或篮子的形状。最让我心动的是有一次你寄来的信折叠成千纸鹤的样子，还特意点了眼睛。你就是这样一个可爱的家伙，总是带给我不一样的惊喜，让我颓废的心感到温暖！我照着你寄来的信学会了叠千纸鹤。大的、小的叠了许多，又用竹子绑了一个米字型的架子，把一只只千纸鹤用线穿起来挂成串。远远看着就像一挂风铃。我把这串千纸鹤挂在窗前，起风的时候翩翩起舞，煞是好看。这一挂就是三年！我的小屋我喜欢打扫得一尘不染，折几只野花随意一插，休息时闻着花香，看着千纸鹤，以及你寄来的厚厚一沓信，我觉得生活就如你所说，只要寻找，就会有快乐。

这样的日子一过就是三年，我在这个小山村里，把自己彻底打磨成一个农民，没有我干不了的农活，在心里剩下的是对校园生活深深的绝望。虽然我无数次在梦里回去过，可醒来只剩下一声叹息。

那年暑假，你突然和朋友翻山越岭出现在我面前，给了我一个大大的尴尬。农忙时节，一身汗水的我见到衣着时髦的你不知道说什么好。我的一切和你都是格格不入的，那时的我是极自卑的，用沉默逃避你关切的眼神。山里的生活单调得可怕，夜晚坐在昏黄的灯下，你笑我有创意，把千纸鹤弄得那么好看。我笑着说还是跟你学的呢，你的朋友也是一个很随和的人，大家在一起，自然是很开心。

第二天早晨我招呼你吃的也就是小米粥、菜包子，你和朋友吃得不亦乐乎。我一直内疚没能力给你宰只鸡吃，甚至到现在我都内疚。可你并没有因此而疏远我，信依旧如期而至，让我期待而温暖着。

转眼三年已过，你顺利地找到了工作。信中的你依旧乐观开朗，与孩子们相处得很愉快，我至今记得你在信中说给孩子们洗脸、洗脖子，陪孩子们跑操。你说校长夸你是个尽职尽责的好老师，可你笔锋一转就开始自毁形象，说给孩子洗脸是因为你爱干净，陪孩子跑操是为了减肥！瞬间就把你的光辉形象写没了，惹得我笑了很久。你也提起让我读书的想法，可我却没有勇气再去面对学校，毕竟我已经快二十岁了。或许这样的想法让我疏远了你，我开始怠慢你的来信。终于在一年多以后，我再也没有收到你的信件；自此，便再也没有了你的消息……

那千纸鹤我一直留着，直到最后我离开老家。但我仍然记得我曾经写过的几句话：

风，在吹吗？已经凋零了，桌上的金盏花，秋的季节，没有收获；风，在吹吗？舞起来了，窗前的千纸鹤，秋的季节，思念永恒。

病房里的那些事

一、幸福的老爷子

隔壁床上的老爷子安静得不像个病人，既不呻吟也不打鼾，被子整齐地盖在身上，棉衣把面子卷进去卷成一个小捆垫在背部。他就那样面向北侧躺着，氧气瓶咕咚咕咚吹起一串水泡。头顶的药液一滴一滴消磨着漫长的时间。

守着他的是一个长得特别俊秀的少年，白净的皮肤，好看的五官，合理地组合出一张帅气的脸。他用手肘支在床边，一边看手机一边看着老爷子。只要老人家稍微有点动静，他就赶紧问要干吗。

爷孙俩低声聊着天，不时传来孙子的浅笑声，看不清楚老爷子的表情，猜想一定是慈祥和蔼的。老爷子要求坐会，孙子忙忙地去摇床，然后两只手从老爷子的腋下抄过去，抱着他坐好。又解开卷成卷的棉袄给老爷子披好。棉袄是用咖啡色的丝绸手工缝制的，做工精细，款式大方，一看就是过去针线极好的老太太缝制的，现在的人既没人穿这样的棉袄，也没人会做。坐起来的老爷子精神不是很好，可能因为哪里不舒服微微皱眉，两道好看的眉毛在眉间打个结又迅速解开。

安顿老爷子坐好，孙子端起一把精巧的小茶壶试试温度，递到老爷子嘴边。正喝水呢，病房门开了，男男女女来了五六个人，有老人的儿子、儿媳、女儿、孙子，进门都围着老爷子嘘寒问暖，关怀备至。

每天送来的饭菜，儿女们总是先试好温度才喂给老爷子吃，洗脸刷牙洗脚都伺候得无微不至，尽自己的努力让老爷子在病床上享受着和家里一样的待遇。

几天的相处，这家人轮换着照顾着这个老爷子，每一个人都耐心温和，笑容满面，争着抢着在医院守夜。特别是那个俊秀的少年对老爷子细微体贴的照顾让人叹服，更为这一家人在一起的温情而感动。

二、争吵

早晨七点多了，还不见那个清洁工来打扫卫生，平时六点半就已经在各病房吆五喝六，撵得陪护人员无处可去，今天怎么了？

楼道里静悄悄的，各病房自己打扫出来的垃圾堆在墙角，没人清理。开水房里的大垃圾桶满得溢了出来，塑料袋、香蕉皮、瓜子皮、剩饭等混杂在一起默默地提醒着人们该清理垃圾了。几个陪护的人站在病房门口张望，相互询问着打扫卫生的哪儿去了。

我在这家医院进出很多次，不止一次见过她。短头发烫着不大的卷，鬓间向两边延伸开来，像玩偶娃娃穿的裙子。戴着口罩看不清楚表情，额头显露出来的皮肤黝黑，眼睛不愿意和人对视；个子不高，穿着五寸高的高跟鞋，“嗒嗒”地踩在楼道里，传达着盛气凌人的气息。

早晨六点多，陪护的人大都蜷缩在哪个角落里眯着。突然被一阵高跟鞋踩出的噪音和用力推门的声响打搅，接着就是一声冷冰冰且不耐烦的声音：“起来了，打扫卫生。”然后不管你准备好没准备好，一拖把过去，病人的鞋就挪了地方。等她拖完，你就趴床底下找鞋吧。

她拖楼道的时候是不许人随意走动的，要走也是顺着墙根挪过去，这时候她不说话，拄着拖把用一种无奈且愤恨的眼神看着别人踩出的一串脚印，等人走远后狠狠地抹掉。

护士开始输液了，各病房门口的垃圾还是没人清理。快十点，楼道里传来激烈的争吵。伸出脖子张望，看见那个清洁工站在储物室门口挥舞着胳膊骂着，她对面与她对骂的是另一个清洁工，也不甘示弱，中间隔着她们的是几个主治医生和护士。要不然这两个人早厮打在一起了。听了一会儿，原来两个人因为打扫卫生分配不均而起了争执，所以今天才迟迟没有清扫卫生。

争吵最终不了了之，另一个清洁工开始打扫卫生。中午出去吃饭，在医院大厅看见了那个清洁工，已经摘掉口罩，有些慵懒地靠在椅背上，阳光照在她脸上，才发现她除了皮肤黑点，模样还是挺好看的。我冲她一笑，她居然也笑了……

三、婆婆

忘了这是第几次陪护婆婆，还是我随行。家族遗传的肺气肿，切除了一个肾，再加上心脏不好，婆婆的腿肿得和面包一样，一按一个指印，肚子肿得比孕妇的肚子还夸张，脸更是和茄子一个颜色。

就在昨天，她还是坚持不肯来医院的，因为家里出圈的牛粪没有拉到地里去。她住院我陪护的话，那些牛粪就要她儿子一个人拉，这无疑比病痛更让她揪心。她最宠爱的小儿子啊，那么累的活怎么能让他一个人干？

她是梗着脖子，甩着脸子被我们强行拉进医院住进来的，还要在医院这样狭小的空间和不喜欢的我一起待好几天，想想都是一种折磨。没办法，儿女们远的远，忙的忙，除了我还真没人陪护。

住进来连续的输利尿药消肿，她不得不半个小时上一趟厕所。我一手提着推药水的泵，一手举着输液瓶，在厕所和病床之间来回穿梭，手忙脚乱，还要用轮椅推着她排队做各项检查。婆婆不喜欢做检查，一边走一边用她独特的方式唠叨着她的不满，一会儿骂医生，一会儿骂护士。我推着轮椅走路，习惯性地左耳朵进右耳朵出。

病床上的她根本睡不踏实，氧气、输液泵、液体瓶限制着她的自由。这对一辈子喜欢随心所欲的她来说无疑是一种束缚。她烦躁着，抱怨着，数落着，谩骂着，然后接受现实开始昏睡，鼾声如雷。我就这样静静地看着她，看着液体一瓶瓶流进她的身体，她再一趟趟上厕所。

每次吃饭我们的意见都会有分歧。她老人家想吃什么不会直接告诉我，我不问她会怪我没征求她的意见，我问了她就没好气地说随便。我呛一鼻子灰出去还得猜着她的心思给她买饭。想想忍不住想笑，这简直就是一场没有硝烟的战争，无论谁胜谁败都没有多大意义。同在一片屋檐下，谁都离不开谁，谁也无法忽视谁的存在。

我们就这样一起待了六天，虽然她不喜欢我，虽然我也不算特别喜欢她，但我一直在尽心尽力地伺候着，因为，这是我的责任。

我的挣扎

写下这个标题时，首先我觉得惭愧，和那些真正苦难深重的人相比，我没资格说挣扎这个词。

我的生活简单平凡，平凡到所有西北农村女人都过着和我一样的生活。如果不是文字，我想我没有什么与众不同，我会和她们一样，日出而作，日落而息，在自己的土地上年复一年、日复一日地辛苦劳作。然后在农闲时跳出去挣几个小钱，尽心尽力为普通平凡的生活添点物质享受。再闲得没事时就穿着拖鞋，嗑着瓜子，三五成群地凑在树荫下说家长里短，开粗俗露骨的玩笑。但是我始终融入不到这些人和话题中去。她们不懂我，我也不懂她们。

在这样的环境下，我是个另类的农妇。

我不想说自己有多清高，但在这里我始终是孤独的，没有朋友，没有书籍。有的只是漫天黄沙和火辣辣的太阳，还有总也忙不完的农活。从二十岁结婚到三十岁，这之间我没有看过一本完整的书籍。我的世界与书绝缘，我不知道我为什么那么喜欢文字，那么渴望读书，骨子里似乎对文字有一种天生的痴恋。

为读文字我付出了别人难以想象和理解的艰难，在这个根本不重视教育的地方借本书比借钱还要艰难，因为没有人读书。有一年，吴忠的表哥订的报纸积攒下来没地方放，过来探望母亲时拉过来厚厚的一摞，说是让母亲糊墙或者铺垫柜子。我家与母亲家相隔不远。我看见那些报纸欣喜若狂，偷着拿走了一小摞。时事政治不懂，我只翻看副刊，沉迷在别人的故事里不可自拔。我爱人并不理解，嘲笑我说："当年念书的时候都没念成，现在看报纸有什么用，还想当官去啊？"母亲看见我读报纸上的文章更是训斥我："一个农村女人，不好好操心娃娃，不收拾家里，一天到晚头埋在报纸上有什么用？"为了看文字，家里人都对我颇有微词。可是母亲家的那摞旧报纸始终勾引着我的心，让我朝思暮想。迫于母亲的威严和家人的嘲笑我不敢去拿，后来为了不挨骂，我就去偷那些报纸，看了再乘机还回去。我像个贼一样过了半年这样的生活。我自己都不知道，骨子里是什么在召唤着我这样去为文字疯狂。

2008年，我用打工的钱买了部手机，然后知道有一种叫电子书的东西，于是，缠着外甥女让给我下载一些，外甥女笑我不务正业："两个孩子的妈了，还看什么书啊？我给你下载一些好歌

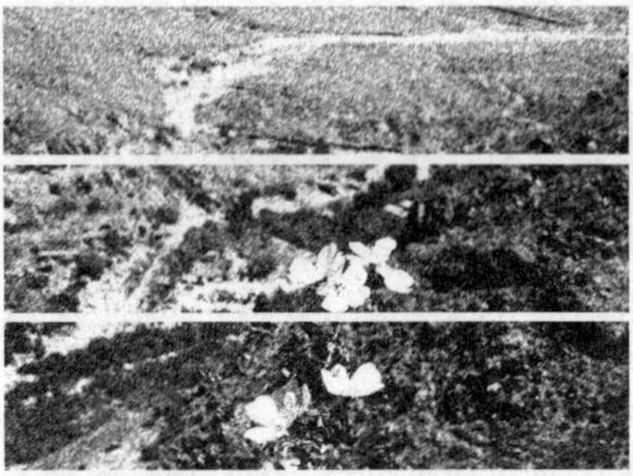

听去。”就这样残忍地拒绝了我的请求，我郁闷了很久。后来打工的侄子回家，我问他有没有电子书。他用蓝牙给我传了两部，一部是《中国神秘事件录》，一部是《中国历代宫廷秘史》。这两部书我用很短的时间就看完了，平时太忙，为了抢时间，上厕所我都要看几分钟电子书。后来回老家去，二姐的手机上有几十部古龙的武侠小说，我全部用蓝牙传到自己的手机里，然后头都不抬地看小说，被大姐和二姐一通好骂。为了阅读，我挨的骂可能比我读的书都多。

因为喜欢阅读，老抢外甥女的手机在网络上搜书看。外甥女无奈，痛下决心教我上网。就这样，我的视野总算脱离了眼前的生活。网络，为我打开了一个全新的世界。

我加了一群喜欢文字的网友，他们引导鼓励我去书写文字，甚至寄赠给我书籍，满足了我阅读的心愿。太多感谢的话无以言表。我庆幸有那么多喜欢和支持我的网友。

可我一直很矛盾，我要生活，要打工，要种地，要喂牛羊，但我也爱文字，尽管读书写字的时间永远那么仓促。在我辛苦一天回家，疲惫不堪，身体的疾病与疼痛笼罩着我的时候，我没时间也没精力去打理我的文字。一部手机就是我和我的文字全部的世界，很多时候写文字都是一次成稿后再也顾不上看和修改，因此我时常痛苦，时常挣扎，我还有没有必要这样地去痴迷文字？有没有必要？

就这样一次次为文字痛苦，一次次在心里挣扎，却又一次次地忙里偷闲去品读书写文字，尽管写得不好，但那也是我的心血，我也备极爱惜。也许以后的日子里，因为文字带来的痛苦和挣扎还会继续，但我知道，已经没有什么能让我放弃文字了。

背帘子的大哥

两米二宽、十米长的草帘子卷成一捆，挨个一摞一摞码在路边，等着让人背到三米多高的大棚上去。

大哥穿着棉衣，敞着衣襟，脖子上搭着一根粗壮的麻绳，两只手扯着绳子的两端，气喘吁吁地走向下一个草帘子。他找到草帘子卷起来的末端，用手拉着防止帘子散开，再使劲掀起帘子的一端让草帘子站起来，一只手扶着不让它跌倒，一只手去扯脖子上挂着的麻绳。他环抱着草帘子使劲把麻绳递向扶草帘子的那只手，草帘子太粗，他费了好大劲才把绳子系在草帘子的半腰，这个距离要掌握好，不能系得太高，高了背不起来。

系好绳子，大哥松了一口气，把右边肩膀套进系好的绳子里。紧了紧绳套，一弯腰，草帘子和大哥一起颤颤巍巍走了起来。背到大棚底下，大哥又紧了紧肩上的绳套，腰弯得更低。他在蓄力。上棚的路是用铁锨在大棚墙上掏出来的一个个脚窝，左右两排十几个，呈六十多度的斜角凌乱地散布着。大哥得计算好要先踩哪个脚窝，最后一步才能不费力气背到大棚顶上去。

大哥又颠了一下背上的帘子，开始为上棚做最后的准备，第一步伸出左脚踩上去，使劲，赶紧出右脚，草帘子一百多斤压在大哥肩上，他伸长脖子看着大棚顶部，脸涨得通红，因为剧烈的喘息喉咙里发出沉闷的嘶吼。上棚的脚窝只有十来个，可每一步的艰难只要听大哥的喘息就能知道。他完美地跨上了最后一步，最后一次使劲，踏上了大棚顶部，脚步开始轻快起来。背到大棚的另一侧，大哥把绳套松了一下，让草帘子从肩上滑落。

草帘子重重地摔在大棚顶上，芦苇上的绒毛飘了起来，把大哥隐藏在一片朦胧的白里。这些绒毛粘在了大哥出汗的脸上、鼻子上，大哥生气地挥手拍打，“呸呸”地吐着粘在嘴唇上的绒毛，赶紧解了帘子上的绳逃离这片朦胧。

一个又一个草帘子被大哥重复同样的动作背到了大棚顶上，汗水湿了大哥的棉衣后背。在他休息的间隙，又有老板过来询问大哥明天背不背草帘子，大哥坚定地说：背。

黑眼湾旧事

小时候一直不明白我们住的地方为什么要叫黑眼湾，甚至还讨厌过这个名字。这里四面环山，中间是一片不大的平台，平台又被一条东西走向的小溪一分为二，南面潮湿的是一大片肥沃的土地，北面向阳的散落着十几户人家。村子依山坐落，山上是村民们赖以生存的近千亩梯田，一眼很甜的山泉水绕村而过，顺着小溪流进大河奔流去了远方。

那时候的黑眼湾简单而宁静，没有电，也没有通往山外的大路，除了连绵的群山和大片的森林，没有其他。要出山就必须顺着羊肠小道翻越面前的大咀山，再走六七里河滩路才能到人口密集的大村子。村民们磨面，买日用品都要到那儿才能置办。

因为偏僻，毛驴成了村民不可缺少的交通工具，我们的童年几乎就是在驴背上度过的。时常是一群不大的孩子骑在驴背上，在晨风夕阳中听着叮叮当当的牛铃声赶着牛羊，一路牧歌。晚上回家吃一碗酸爽的浆水面，在昏暗的煤油灯下闹一会儿，童年也就那样无忧无虑地过去了。

黑眼湾通电那年，我六岁。记得当时为那几十棵几百斤重的电线杆怎样才能运进山，村民们绞尽脑汁。有困难就会有办法，为了让黑了几百年的村庄亮起来，村民用驴车拉、几十人扛的方法，终于把电线杆跋山涉水栽进了村。至今还记得大家拖电线杆时所喊的自己创作的号子："再来一家伙哩哟嗨，大家齐鼓劲哩嘛哟嗨，电杆拉上山嘛哟嗨，灯泡亮起来了哟嗨。"也记得我们几个小孩像看神一样看着那个在电线杆上架线的电工。

就这样，夜晚黑了两百多年的小山村终于一片明亮，大家激动地看着带来光明的小灯泡满是新奇和赞叹。

通了电，村子里也有了第一台电视机。记得那时正在播《西游记》，有人看了一眼就着魔了。可有电视的那个大叔不是一般的小气，死活不让村民看他家的电视，说看久了看坏了咋办？费电得很，吵得很。有的人为了看电视不惜夜里骑驴去十几里外的亲戚家看。没亲戚的就徘徊在那户人家的大门边看那大叔会不会开门，直到没有指望才回家睡觉。能看上电视那时候真是一件奢侈的事情。

后来我那与时俱进的父亲，不顾家人的反对，卖掉了一头牛，花了五百块钱买了一台十二英寸，只能看一个频道的黑白电视机。

记得那天很晚了电视还没有背回家，我和几个小伙伴站在村头，脖子伸得老长盯着大咀山顶回家的路，盼着两个哥哥能早点把电视背回来。星星挂满天空的时候终于迎来了满头大汗的哥哥，看见他背上用床单裹着的电视，心里那种骄傲和开心就甭提了。

当晚全村老少几十口挤在我家院子里像看电影一样盯着那个能演真人的小匣子赞叹不已，同时也夸赞着父亲的大方。这台电视一看就是十来年。虽然现在家家的彩电越换越大，频道越来越多，可人们还时常说起当年挤在一起看那台小电视的日子，充满回味和欢乐。

当我和小伙伴到了上小学的年龄时，上学又成了一件让大人孩子都头疼的事情。十几里山路，每天只能跑一趟，中午没有吃饭的地方，饿了吃馍，渴了喝学校旁边的泉水。不让去会耽搁孩子的未来，去吧条件又太艰难。

几经踌躇，大人们忍痛送我们上了小学。每天早晨五点我们就相约出发，踏着清晨的露水，相互追逐着爬上高高的大咀山，看着启明星在东边的山顶上向我们眨着眼睛，喘一口气又一溜小跑下山再走六七里平路才能到学校。夏天还好，只要不下雨，一路玩闹，即使累点也是快乐的。冬天就没那么舒服了，早晨的山风凛冽冰冷，刮得人东倒西歪。我们走时一人抱一捆胡麻草，走一段，点一堆火，烤烤冻僵的手脚，再走一段再点一堆，就这样一路烤着火，到学校时，天还没亮。

那是快乐而又艰辛的六年，山路上撒满了我们的汗水、泪水，还有欢笑，直到小学毕业升初中住校，才结束了这种奔波。

我初中毕业时，村委会协商把黑眼湾以西的梯田承包给林业局种树。可这里四面环山，现代化的机械根本进不来，于是商量着给黑眼湾修一条通往山外的路，这对村民来说又是一件大事，就像当年拉电线一样。

开始修路那天，村里的男女老幼扛着锄头、铁锹来到了大咀山以南的山头上。在村里老人的指挥下，为推土机挖路做前期准备。大家挖的挖，铲的铲，推土机跟在后面整修，经过半个月的艰苦奋战，终于在灌木丛盘绕着的大咀山上，开出了一条宽四米长几十里，通往山外的大路。有了这条路，就意味着多余的洋芋、大豆可以拉到外面去卖了，而山外的水果蔬菜也可以运进山里来了，多好啊！

路通了就有人想买车了，先是一个小青年买了辆小兰驼三轮车，接着又有几户人家陆续买了手扶拖拉机。这些机械的到来彻底结束了黑眼湾许久以来用驴磨面、用牛碾场犁地的历史，新鲜的水果蔬菜也出现在了村民的饭桌上。当拖拉机欢快地在山路上行驶时，带给这里的人们无限的想象和希望。

在与外界的接触多了以后，村民们也有了新的追求。2000年，国家加大了移民搬迁的力度，让宁夏南部山区的居民迁到可以灌溉黄河水的新开发区去。年轻人看到了开发区居民生活日新月异的变化，心早飞了，再也不愿蜗居于这个静谧的小山村，不顾老人的反对纷纷把户口迁了，分作好几批于 2002 年进行了彻底的搬离。

如今的黑眼湾荒草成堆，荆棘丛生，野生动物随处可见，回归了它最初的模样，没有什么人再去打搅它的安宁。而我们也在新的地方安居乐业，我们的孩子不用爬十几里山路去上学，不用啃干馍喝凉水，他们滑着滑板，穿着旱冰鞋，骑着自行车嬉戏在门前的水泥路上，快乐而健康地生活着。

只是在梦里，我总梦见那好喝的山泉水，崎岖的山路，驴背上悠扬的牧歌，逝去的慈祥的老人，那里的一草一木，那老旧的房屋和满山的绿。

我的中学时代

1992年，我意外地考进了县一中。在那年六月份，语文大考小考测试中我一再出错，而数学成绩更是从四年级开始就再也没及格过。最喜欢我的语文老师对我投来失望的目光，我自己更是无比的颓废。每天只是机械地背着相关的习题，糊涂地考了小升初的考试，想着自己肯定考不上。谁知道考试成绩出来我大吃一惊，我居然上线了，而且，比分数线还多了一分。

就这样，我和我的三个好朋友，一起进入了泾源的最高学府——泾源县一中，而且是一个班。

初中第一次上英语课简直就是听天书。我们的英语老师叫张明欣，个子不高，脑袋有点大，长得棱角分明的。不知哪位有才的学兄给他起了个外号叫“大头猩猩”，而且一届一届流传了下来。

初中三年的英语课，就是听他在讲台上口若悬河地讲“猩猩”的语言，我们在底下茫茫然不知所以，考试时也是 ABCD 地乱填一通。

我们的数学老师走马灯一样换了好几个。第一个老师是个文弱书生型的，听说一肚子学问，可讲给我们的并不多，一个学期下来，我们班整体数学成绩全年级倒数第一。校长大怒，发配了我们的数学老师，亲自接管我们班的数学，想着用雷霆手段整治一下我们，别拖年级的后腿。可事与愿违，他老人家忽略了一个重要问题：他是一校之长，而且是县一中的一校之长，今天得出差，明天要接待上级部门检查，后天要去友校观摩，等等。我们刚刚有点适应他的教学方法了，他一忙就指派一个数学老师来教两天，过两天再一忙，又换一个来，如此反复，倒把我们教得一塌糊涂，数学愣是没有什么长进，而教过我们数学的老师太多，我都没什么印象了，加之我的数学很差，连他们的大名都忘了，实在失敬得很。

语文老师是个很有福相的男老师，叫沙亚平，未语先笑，很是可亲。许是我语文学得好，老师在课堂上对我提问得比较多。老师一周总会安排两节作文课，写作文几乎对我没什么困难，不管是真情流露还是凑字，我总是比别的同学交得早。这是我初中唯一骄傲的事情。

美术老师保养得很好，面相很年轻，举止优雅，穿着得体大方，说话特好听。记得有一次上课学实物素描，我们班的郭宝瞪着讲桌上的蒜罐和捣蒜锤无从下笔，就那么呆呆地看了十几分钟。美术老师几乎是飘到他面前，轻轻地敲了敲他的课桌，用她好听的声音说："这位同学，你是没有笔呢，还是没有本儿呢，还是不会画呢？"郭宝回过神来看着老师，死活没吭声。老师的这句话被同学们私下学了很久，可那种好听的韵味却怎么也学不来。

说起这个郭宝我忍不住想笑。记忆中的郭宝有点像非洲人，不怎么活跃的一个男孩，他的手很大。那时我们一周调一次座位，恰好那次就把我和他调成了邻桌。我忘了当时什么情况，只记得我低头看着一堆数学题正发愁呢，郭宝用他那只大手使劲拍了一下我的头顶。确实拍疼了，我想都没想抄起屁股底下的方铁板凳，朝他砸了过去，幸好他反应快跑得及时，板凳砸在教室的门上了，要砸在他身上真够他受的。那次之后我们班的男生基本上对我敬而远之，用泾源的方言说："这女子潮着哩，惹不起！"

或许因为这件事，我们精明干练、颇有女强人风范的班主任，政治老师张春燕，在初二下学期让我出任班长，好在同学们都挺好，我这个班长也就勉强混到毕业了！

泾源一中一共就俩地理老师，不知什么原因，前辈学长给俩老师起的外号都叫"大嘴"，一个马大嘴，一个李大嘴，而且这俩老师是出了名的脾气差。大凡上地理课我们都是正襟危坐，专心听讲，稍有不慎就会被罚站一节课。可见这老师还是凶一点好，会让学生从心里重视所上的课。

最有意思的可能是我们的生物老师了，他讲课时老喜欢讲一句“啊”一下，再讲一句再“啊”一下。我们班有那好事的，有节课什么都没听，专心地数生物老师一节课“啊”了多少次。下课后他报给我们的数字居然有一百五十多次，惹得大家笑了很久。

至于其他几位老师都没那么多的印象了，实在惭愧得很，也是我的数理化一塌糊涂，故连老师都淡忘了。

初中三年的数学作业都是抄好友的才上交的。那时候她老骂着不给我抄，我就撒娇耍浑软硬兼施地求她。因为我实在是搞不懂那些方程式怎么解，那些路程怎么算。直到现在都是这样子，不愿意算哪怕稍微复杂一点的账目。

如今和老师同学再也没有相聚过，时过十几年，昔日的同学不少也为人师表了，借此教师节祝老师同学身体安康，一生幸福！不知你们的学生私底下有没有给你们也起个稀奇古怪的外号？

网络记事

因文字邂逅的那些少年

今天早晨在好友列表里看见邦鸿在线，我有点生他的气。已经有一年多未曾和他聊过天，也没在空间看见他那文采飞扬的诗词和文章了，甚至他的近况我都一无所知。

记得我逛QQ空间的时候，无意中看见了这个写诗填词的少年，我当时并不知道他是个大男孩。他有一个老气横秋的网名“红尘暮”，给我的感觉，似乎历经尘世的太多沧桑才会取这样一个名字。加为好友后聊天才得知他也就十八岁，让我大大地吃惊了一下，不过这并没有影响我们的交流。

后来了解得多了，他就一直称呼我为姐姐，毕竟我大他十几岁。看了我写的一些肤浅的词句后，他鼓励我坚持写下去（我当时并不想写文字，荒废了十几年再提笔，已经显得有些懒惰和无从适应了）。我笑他天真，告诉他我就是一个村妇，有时间的时候没灵感，有灵感的时候没时间。他说可以随身带着纸笔或者手机，有灵感的时候随时记录下来。我反问他，我总不能一只手拿锄头，一只手写字吧？他说你可以先写下来，然后再去修改啊！我被他建议得无话可说，只好默认他的提议。干农活休息时想到什么就在空间用说说的形式写下来，久了才知道邦鸿的建议真的很好，不知不觉间锻炼了文笔的简洁精练和书写的热情。

那时的邦鸿阳光灿烂。他的文字明媚，很多灵气十足的词句似乎信手拈来，给人一种如沐春风的感觉。因为家境不好，考上大学的他放弃继续读书，选择找工作养家。我被他感动和鼓舞着，并且因为他的鼓励一直坚持着书写。

渐渐地空间里少了邦鸿的作品，我有点担心他，后来聊天也少了，居然不知道他是一种什么状况。再后来偶尔聊起才知道这个少年的文采终究被现实拖累了，养家糊口的劳累让他没有心情再去写作。

今天和他断断续续说了几句，他说自己没有什么灵感，所以先不写了。我觉得无奈，没有灵气的文字是枯燥的。结束聊天时他说以后可能还会继续写的，让我放心。我的心里只有诚挚的祝福：邦鸿你行的，加油！

和何亮的相识，是因为我在邦鸿空间留言写的几句凑句子的诗，着实把他蒙了一下，以为我是什么学识渊博的诗人，所以加我探讨写诗。得知我只是个农家妇女之后他并没有失望，而是继续和我交流写作的一些细节。我当时身体不怎么好，情绪相当消沉。恰好何亮的哥哥是医生，他很热心地问我的症状，并让他哥哥给我开中药的单子调理身体。在他的帮助下，我的身体确实有了好转。少年的他有着和年龄不符的老成持重，积极阳光。

他的家境也不好，可他并不自卑，他用他的方式证明着他的优秀。他可以不顾同学的眼光去捡他们扔掉的饮料瓶，他可以兼职打工挣自己的生活费，他认真地读书写字真诚地待人，他用他的微笑感染着别人给别人力量。这就是何亮，我在网络最欣赏和敬重的弟弟，他给我的帮助和鼓励是语言无法描述的。

天道酬勤。何亮用他积极的态度面对着生活的一切好与不好。四年过去了，他由参加工作到谈恋爱买房子，一切按他的规划有序地进行着，让我一直为他开心。

认识妞的时候她还是个高三学生，正在努力准备高考。她说是看我空间写的文字才加的我。这是个阳光而固执、冰雪聪明的女孩。她问我，姐你幸福吗？我回答说，一般。她说，我明白了，姐，我一定好好读书考大学，等我将来领工资了，就带你去各地旅游。她的这句话让我差点流泪。其实，妞，你不知道，只要你过得好，姐姐我就安心。

锅儿是何亮的同学，想起他总会让人笑起来。他以前的网名叫“锅儿”“轻抚菊花”，到后来他写的一篇《荡漾的乌龟》，充满诗情画意和浪漫的气息，写出的文字让人耳目一新，爱不释手。只是现在聊天也少了，不知道这个调皮捣蛋的家伙在新的工作岗位上适应了没有？盼你好呢锅儿。看见我还是叫你锅儿会不会生气呢？

认识苏陌颜时怕她不加我就给她空间留了一首藏头诗恭维了她一下：苏子填词千古唱，陌路无缘叹沧桑。颜如玉本多情客，才子佳人齐向往。就这样加到了这位才女，有才的人大都傲气。和苏陌颜并没有多少深交，她的文章写得很有味道，缱绻浪漫，引人向往，有一种很浓郁的悲情气氛，只是现在也都不怎么联系了。

那个叫杨帅的少年不知哪里去了，瘦弱单薄，曾经的文字流畅优美，可惜时间久了都不见再有新作，不知如今又流落在哪个城市呢？过得可好？

还有最初那些喜欢文字的弟弟妹妹们，现在坚持的还有几个人？因为文字我才能有缘与他们相识于网络，因为文字我们都在积极努力的生活。无论坚持与否我们心里都是一样的热爱文字，热爱生活，喜欢着文字带来的温暖和感动。

关于彦荣

我觉得彦荣是个非常有才华的人，他通晓文史，喜好哲学，唐诗宋词极少有他不知道的，对《红楼梦》也深有见解。这样一个人不做学问实在可惜。可彦荣只是陕西渭南一个勉强可以解决温饱的小农民，农闲时读书写字，忙时外出打工，所得的微薄收入除要养活眼睛不好的母亲外，其他的就被他用作买书、买纸笔了。彦荣在农村人的眼里可谓不务正业，三十好几的人了，不想着成个家，天天沉迷于书堆，要不就是写毛笔字，那些东西能当饭吃吗？

与彦荣相识的人都在惊讶他的才华，同时也忧虑着他的生活现状。我与他聊天，数次想劝他不要太沉迷于爱好，还得想着怎么改变自己的生活。可彦荣总在逃避这个话题，我也就不好多说什么了。几年过去，他的生活还是读书、写字、打工，一成不变。

彦荣有才，他写的一篇《浅窥苏轼的人格魅力》特别有见解，文中引用了坡公大量的诗词来分析他一生的思想观念。坡公的潇洒、孤独、才情、品格在彦荣的笔下一一表述得淋漓尽致，读来似乎将一个古人活生生展现在了你的面前，让人感受到他对坡公的敬仰和理解！

可现实中的彦荣谁来理解呢？家贫、性格孤僻让他错过了成家的最好年龄。也许是过多的压力让他沉迷在了书中，也许只有读书写字才能让彦荣找到属于他自己的理想国度，在那个世界他可以自由畅想，与古人谈心，与诗词为友，可以避开现实生活中的种种不如意，可以暂时丢开自己性格中的懦弱和羁绊。读书中彦荣应该是幸福和知足的，不然他也写不出那么纯粹的文字。

可人总要生活在现实生活中的，彦荣应该属于好读书却死读书的人，他的知识未曾改变他的生活现状，满腹经纶却无用武之地，才华横溢只能屈于腹中，在农村这个广阔的天地间彦荣的知识没有任何作用，可他依旧不肯放弃。

也许我们只是杞人忧天，“子非鱼，安知鱼之乐？”可是我和很多朋友都希望他不要挣扎在现实与理想的痛苦之中。因为理想是建立在现实生活之上的，温饱都成问题的情况下，理想还会那么丰满吗？

看过一篇文章，大概意思是说想让人重视教育，学习知识礼仪，就必须先帮助别人解决温饱，让他们富裕，然后才可以谈教育，谈理想，不然再好的知识和教育都是空谈。

东子其人

学会网络聊天认识的第一个网友就是东子。河北唐山人，喜欢买书，喜欢旅游，亦喜欢美食，是个向往自由并付诸行动的人，有着天马行空的性格。

东子学识渊博，见多识广，性格开朗，风趣幽默，聊天很礼貌，让人在他的话语中能感受到大江南北的秀美风光、风土人情、文化美食。

每到一个地方，东子都会给我发一些当地的风景照片，在他的照片中我看见了南国的芭蕉树，美艳奇绝的花朵，挂满香蕉的香蕉树，第一次知道香蕉是向上生长的。他还发给我他自己画的简笔画，一只可爱的猫咪，惟妙惟肖。可见他是个热爱生活，并且懂得生活的人。

喜欢自由的人肯定也是浪漫的。东子不喜欢被人约束，这样一个人可能不适合婚姻。我与他妻子也曾多次聊天，感觉她是很不错的女人，可就是太在意东子，屡屡管教。这让放浪不羁的东子很无奈且反感，家庭矛盾不休。

东子前年终于离婚了，对此他也没什么感叹的，觉得既然不合适就放手让对方去找自己的幸福。我没有多劝说什么，每个人都有选择自己生活方式的权利，只要他们觉得彼此不要羁绊彼此就好。后来听说东子的妻子已经再婚了，而东子继续在天南海北闯江湖。

去年就答应东子为他写篇日志，只是生活太忙碌，所以一拖再拖，再后来联系的少了，不知道现在的东子，又去了哪些地方。

走近远山叔叔

一次偶然，进入到网络这个精彩纷呈的世界，跌跌撞撞在这里学会了很多东西。因为喜欢文字，我在空间写着青涩的句子，也浏览别人的文章，羡慕和仰望那些出口成章的网友。我就这样认识了远山叔叔，一个花甲之年还能玩 QQ 聊天、写网络日志的可爱老头。

原谅我这样说远山叔叔，因为在我接触的这个年龄段的老人中，大多数已经心灰意冷，没有什么兴趣爱好一说，而远山叔叔以这样的年龄，在网络中写出这么多精益求精的文章，确实是让人诧异的，所以我说他是个可爱的老头。

我和远山叔叔不是特别熟悉和知己的网友，平时也不敢打搅他。我一直默默读着他的日志，看着他质朴、简洁、精彩、图文并茂的文字，我的心里一直敬佩并仰望着这位老人家，这一看就是三四年。去年在空间看见叔叔要出书了，心里特别期盼。开玩笑向老人家讨要一本，当时并没有得到特别准确的说法，也不敢再冒昧打搅。

直到前几天，远山叔叔突然在QQ联系我，说让我给他地址，他给我寄书。我当时真的很惊喜，急忙给了地址，没想到刚过了三天，叔叔又在QQ通知我书已寄出，让我查收。

接到邮局的电话时，我还在打工，趁着午休时间我去邮局拿回了期盼已久的书，心里的开心无以言说，光是拿在手里的质感和墨香就足以让人迷恋和陶醉……

远山叔叔的文章读来质朴、简洁，他对文字的用法苛刻严谨，语句极为讲究，尽量避免病句的出现。首尾衔接紧密，故事感强，以小事言大道理，贯穿了极强的正义和社会责任感，引人深思。人们常说：文如其人。虽与叔叔只是只言片语的交流，可我猜想他一生都是个正直、阳光的人。

书拿来已有几日，因为忙碌和劳累未曾细细阅读。可这样一个经历了“三年困难时期”，十年“文化大革命”的七旬老人，在垂暮之年能有这样一本书存世，应该是对我们这些关注和仰望他的小辈们的一种安慰和鼓励吧。

浮生一日

一

昨天就接到圆通快递公司的电话，说有我的快递。广东一位老师百忙之中寄给我两本书，一本《周作人散文》，一本《向度》创刊杂志；另有上海的简姐姐也寄了一本《沈从文作品选》。这些书名早就在QQ群上得到通知。他俩寄出时间前后相差两天，今天早晨起床连续接到宅急送的短信提醒，我知道简姐姐寄的也到了，真是好事连连，喜上眉梢。

今天是个空档，没去棚上干活。早起给牛羊添好草，却发愁怎么去镇上。坐公交车要走好长一段路才能到站点，且运气不好的话半小时之内都不见一趟。可今天不去明天不知道又忙什么事情，人家那么远费心寄过来，怎么能因为自己的原因耽误再打回去？正纠结呢，明子的手机响了，他的朋友叫他去镇上帮忙审一下车，我一看正好，就央求他带我一起去。他问我干吗去，我大致说了一下，他唠叨我要那么多书有什么用，还麻烦人家寄过来。

我避开他的唠叨，讨好地给他掺洗脸水，又忙忙地打水给牛羊拌草料。等我安顿好牛羊之后，他朋友杨已经开车等在门口。我急忙换好衣服，随明子一起坐车朝镇上出发。

他朋友杨是个小包工头，在村里也算“成功人士”，开一辆长城皮卡，很会做人。他们俩坐在前排聊天，我坐在后排看手机QQ，和好友安琪聊会天。她最近家里出了事，担心她，所以问问。安琪诉说了一些心事，听得我心疼。除了祝福还能说什么？这世间无能为力的事情太多，只能用虚无的祝福来寄托一些情感，好让自己心理平衡一点。

十七八公里的路程走了不到二十分钟。到镇上他们俩去车管所，而我则下车摸索着去找圆通快递公司，然后还要找宅急送快递。站在大街上我有些茫然，距离上次我来镇上已经过去两个月。红寺堡这座城市虽然不大，可我一直搞不清楚哪里是哪里，至于圆通快递更是不知方向。今天的天气实在是冷，没有太阳不说还嗖嗖刮着冷风，街上的行人都步履匆匆，没人看我一脸茫然的表情。看着十字路口来去的人流，我心里有个声音在呐喊：有没有人知道圆通快递在哪里？

我被自己的“呐喊”逗笑了，掏出手机翻找昨天打来的电话号码。打过去，工作人员告诉我说他们在老政务大厅附近，我却更晕，又问人家在哪条街。人家说在团结西街多少号来着（原谅我那听力不好的耳朵，它被满大街嘈杂的此起彼伏的《小苹果》惊扰得只听见团结西街四个字）。好吧，幸好我知道团结街。

一路朝东，两边店铺林立，红寺堡发展十几年，该有的应有尽有。冬天是消费的旺季，各商家都在竭力招揽着客户，大功率的喇叭一家比一家吼得卖力，经过的时候震得地面都在颤抖，想到做生意的要在这样的氛围中待一个冬天，我的心脏也随着音乐颤抖。

穿过这片嘈杂，走了两条街，远远看见路牌提示到团结街需拐向西继续行走。这条街道冷清安静许多，路两边刚开发建设城市时栽种的垂柳，已经长得一个小孩都抱不住。冷风丝毫没有停下来的意思，没有了柳叶的柳枝随风狂甩，像一头发怒的雄狮抖着自己的鬃毛，行人到了柳树旁边都绕着走，生怕被柳枝抽到。我顶着风一边走一边看着路两边的招牌，寻找着圆通快递的标志。可是，走了五六百米都没有看见和快递沾边的字样，我心里有些嘀咕，是在这条街上吗？

这条街上也没几个行人，远远走过来一个美女，边走边看手机。我拦住人家，赶紧说句打搅，然后问人家知道圆通快递公司吗？美女不好意思的挠挠头发，说不知道。我只好说声谢谢再走。还是再问问工作人员吧，一打电话，无人接听。算了，再向前走吧。又走了五百米的样子，远远看见个快递字样的店铺，赶紧冲过去，却是中通快递，唉，失望。亲爱的圆通快递，你在哪里？

再走就离这条街的尽头不远了，我有些纠结要不要继续走下去。又打电话还是无人接听，停下思考了一会儿，继续走吧。他们说是这条街，就应该在这里。又是五百多米的行走，远远看见一个快递字样的铺子掩映在柳枝里，我伸长脖子张望，总算看清楚全称——圆通快递公司了，而我走了已经快四十分钟。快步走过去，踏进温暖的店铺，翻出身份证签收以后拿到了书。纸质书籍拿在手里的瞬间，那种质朴厚重的感觉油然而生。顺便问工作人员宅急送快递公司在哪里，工作人员说出门右拐，向上走一千米左右就能看见。我连忙道谢。

打车可能没这么费劲，不过今天不忙，我想在这个小城里走走看看。出门按照工作人员的提示走了十几分钟很快就看见宅急送快递的招牌。到跟前一看门居然锁着，心里有些紧张，不会今天拿不到简姐姐寄的书了吧？急忙打电话，还好，工作人员说她在送快递，马上回来。等她的过程有些焦虑，冷风刮得人只缩脖子，紧了紧包裹的围巾，跺跺有些发冷的脚，等着吧。站着无聊，就拿出刚取的包裹开始拆。书装在一个档案袋里，胶带缠了好几层，很费劲才打开，那个老师真细致。取出来翻了几页，手冻得不行又装起来。盯着街上来来往往的车辆，期待着我要等的那个人出现。

这个快递公司对面建起来一栋新楼，不知是居民楼还是商业用房，我数了一下有五层，买里面的一套应该很贵。我始终不怎么向往住楼房，农村的随意和畅快城市永远给不了。村里丢一只羊三两天还能找回来，城里行吗？我总爱胡思乱想，不过这样有一个好处就是任何时候我都不会寂寞。

一会儿工作人员来了，一个很热情开朗的女人。还是看身份证签字，拿到了期待已久的《沈从文作品选》。我终于松了一口气，今天的目标总算完成。

返回去的时候还是没打算打车，时间已经到了十二点，正赶上学生放学，满大街都是闹腾的孩子，追逐着，吵闹着。清一色的校服在孩子行走时，发出“刺刺”的摩擦声。女孩子又是帽子又是手套口罩地包裹着，生怕冻坏小手小脸；男孩子才不愿被这些束缚，冻红的小脸在这寒冷中炫出一种阳刚的气节。离开校园的他们撒向四面八方，像一阵蓬勃的风刮过冷清的街道。经过红寺堡广场时我走得很慢，这是这座小城里唯一一个休闲的广场，占地很大，我感觉有几十亩地。垂柳、草坪、绿化带、喷泉、水道、石桥，即使是冬天依然美得宁静。广场中央部位立着一个石碑，石碑上是一个五六米高的金属标志，上面用红色金属做的丝带飘扬，白色金属做的和平鸽起舞，看底下的石刻解释，说飘扬出去的红色丝带寓意“三个代表”重要思想，八只白色和平鸽寓意来这里的八县移民，纪念这座半沙漠地区移民开发的成就。我看了半天也没看出个所以然。唉，请设计者原谅我这个村妇的眼界吧！石碑上不知道是哪个名人题的隶书篆刻“罗山缘聚八方人，黄河水富万顷田”，字体浑厚，庄严大气。背面一样是隶书篆刻，记述了这座小城的过往和发展。惭愧得很，我在这里生活了十年都没好好看过这里。今天站在石碑下，感慨万千。

看完碑文，打电话问明子忙完了没有，他说已经在市场等我。我不敢在这多耽搁，起身离开。路上的孩子已经没那么多了，我前面走着五个孩子：四个女孩，一个男孩，边走边说唱一首歌谣，并且伴随着动作。我就这样跟着他们走，他们一直反复说唱，听了几遍后我熟悉了：“你一我一织毛衣，你二我二我是你二姑，你三我三三打白骨精，你四我四少林寺，你五我五请你来跳舞，你六我六六六六大顺，你七我七七个小矮人，你八我八八仙过海，你九我九请你喝啤酒，你十我十看谁拿到红宝石。”每说一句都会有一个相应的动作，比如第九句喝啤酒，他们就会用手做杯状举向口中，第十句拿红宝石时五个人会聚成一个圈，跳起来把脚在地上一跺，手一下伸在一起做一个抢夺的姿势，然后五个人大笑散开，再进入下一轮的说唱。

他们一直说唱着走了两个街口，我就这样默默地跟着他们，看他们快乐的笑脸在冷风中飘散。街上门市部里的一位老人也张望着这几个孩子，她戴着一顶缀着暗红色玫瑰的灰色呢子礼帽，安详地站在玻璃门前，嘴角露出淡淡的笑容，似乎自己童年的回忆正在被勾起。

又转过一个街口，他们分开了，三个一组，两个一组，挥手道过再见，各自向家里走去。我也在心里向他们说再见，转过这条街马上要到市场。步入市场，嘈杂依旧，我没有多停留，打电话确认明子的方位找了过去。他和朋友正在闲逛，旁边有一个买糖葫芦和煮玉米的，糖葫芦上面沾着厚厚的瓜子仁，看着好吃，我小声和他说给我买个糖葫芦吃吧。他撇嘴，不过还是买了三个，说是让我吃一个，剩下两个拿回去给儿女。我大笑。撕开包装咬了一口，酸酸甜甜的真好。

回家忙完下午的家务，晚上翻看了几页《沈从文作品选》，大概了解了这位作家的生平，为他文字的纯粹和真善美的意境折服，更多的感触或许读完这部书才能了解。周作人的文字一直没有接触过，需要耐心品读。而《向度》杂志仰慕已久，今天能得到一本，实在觉得知足。真诚地感谢广州的老师和上海的简姐姐，你们的情谊深深铭记。

二

冬天的早晨赖在暖炕上不想起来，九点钟大姐打电话问我去不去镇上，说母亲想去，我一想很久没和母亲去过镇上，就同意说去。大姐说那你赶紧做饭，吃完了上来一起走。

忙忙地做好早饭，给牛羊添好草，大姐又打电话催促，我扒了两口饭匆忙向母亲家里赶。进门见大姐已经收拾整齐挎着包等着，母亲还在换衣服。大姐训斥我："你是哄不下大的，还是放不下小的，怎么千呼万唤地从家里出不来？"我笑着说："你老人家打了两次电话就说千呼万唤，多打几次是不是就说万唤千呼了。”母亲含笑看着，其实她耳朵不好，应该也没听清楚我和大姐在说什么。

母亲换好衣服问我和大姐穿的合适吗？黑色的裤子，黑色的皮鞋，深红色的毛衣，浅蓝色的棉衣。头上新换的白帽子，再搭上一条纱巾绾好。母亲一生穿衣服齐整干净，这稍一打扮，更显得端庄、典雅、素净。我和大姐都说挺好，母亲才放心地准备和我们一起走。

远远听见公交车在鸣笛，我让姐姐陪着母亲慢点走，我紧走着去拦车。还好顺利赶上了，我扶母亲上车，她甩开我的手不让我扶。母亲好强了一辈子，到老都不肯示弱。上去一看公交车座位坐得满满的，我和大姐还好，可母亲晕车，十几分钟一直站着行吗？大姐嘱咐我拉着母亲的胳膊，小心车子启动起来跌倒。我看向身边的一个美女，轻声念叨了一句：没座位了啊！美女抬头看了我一眼，把脸扭向车窗外不再理会。我又看向其他人，不是抱着孩子的，就是和母亲差不多的老人，剩下的面无表情都没有让座的意思。

车子启动起来，母亲身后的一个小伙子站了起来，示意母亲坐他的座位。我心里不由生出一种感激，连忙和小伙子说谢谢，小伙子一只手抓着公交车的安全扶手，另一只手里拿着手机，他用拿手机的手轻轻摇了摇，意思是不用客气。

母亲心情很好，让座的小伙子斜靠在让给母亲的那个座位的靠背上玩着手机，我心里有些过意不去。十几分钟的车程很快过去，一车人消散在人群中，包括那个小伙子，注视他远去的背影，默默道一声：好人一生平安！

母亲询问大姐先去哪里，大姐说先去银行看看母亲的低保打卡上没有。我大声对母亲“翻译”了一遍。就想搀着她，谁知母亲仍旧拒绝：“别搀我，我自己能走。”我和大姐相视一笑，咋就越老越犟呢？我和大姐只好一左一右跟着。好在这座城市不是太大，车辆也稀疏，所以不用担心什么。

几分钟我们就到了博大购物广场，这里是红寺堡新建的一个最大的购物广场，集餐饮、购物、服务于一体，一楼有农行、农村信用社、电信、移动、联通、邮政储蓄这些服务部门，由于地理位置方便，大多数人都选择来这里办理一些相关业务。这会儿十一点多，老远就看见信用社办业务的人排队排到了门口。大姐一看就发愁了，只好去农行碰碰运气，进去排了个号一看，前面还排着一百多人。我给母亲建议，如果低保钱不用就别取了，等夏天人没这么多了再取，到时候取厚厚一沓多好。母亲笑着说也行。

离开农行，大姐还有些事情要办，我见母亲走路多了累，就跟大姐说让她去办事，我带母亲去购物广场的椅子上等她。大姐离开了，我大声对母亲说：“我带你找个地方坐下休息会儿。”母亲没有反对，我挽着她的胳膊拉她去购物广场的休息座位。一进购物广场，里面金碧辉煌温暖如春，一边是一堆堆精心码放的化妆品，品牌齐全，包装精致；一边是闪耀着诱人光亮的金银首饰，款式齐全，美观大方。二楼三楼全是服装区，衣服贵得离谱，四楼似乎是家纺，五楼是餐饮。不知道这里每天可以交易多少，但是人确实很多。

径直带母亲来到休息区，询问她有没有想买的东西，她说想买个牙膏。我说你要哪种的，她说随便，我说你等着我去买，她说你有钱吗？我说买牙膏的钱还是有的。可惜这里除了化妆品没有其他的东西，结果我没买到，告知母亲出去再买，她也没有反对。

我又询问她喝水吗，她说不喝。我张望着看了一下，远处有个买饮料的。我起身过去给母亲挑了一盒果味酸奶。拿过来她责怪我，又不渴，乱花钱干吗？我没解释，把吸管插好递给她。她没有拒绝，慢慢喝完了。喝完纸盒拿在手里张望着，她是在找垃圾桶。我笑着从她手里接过纸盒，就近找了个垃圾桶放进去。母亲说垃圾桶洋气得我都没看见。

大姐还没有过来，我远远看见一个女孩在吃棒棒糖。心念一动，跑去买了几颗“阿尔卑斯”，来给母亲剥了递给她，我也含了一颗，她又责怪我乱花钱。母亲一边吃棒棒糖，一边说想买点药，恰好那边有家药店，我建议母亲过去看看。到药店，那个服务员一抬头忍不住笑了，我疑惑她笑什么。结果这个服务员说：“你们娘俩真好心情！”我才明白她是笑我和母亲吃棒棒糖呢。

母亲买了些眼药和镇痛药，又买了点钙片。我抢着付钱，母亲急了：“不许再讨厌，你再付钱这药我不要了。”母亲一直说到做到，我只好作罢。看着她掏出一把零钱，十元、二十元、五元、一元的，她让我数好付药钱。这时大姐过来了，刚好找到我们。

我又给大姐剥了一只棒棒糖，看得那个服务员偷笑不已。

出了博大购物广场，大姐说去市场转转吧，母亲没有反对。路边一个买核桃的，我看着好想买一斤让大姐和母亲吃，结果我一买，大姐和母亲各自都买了。买核桃的老太太眉开眼笑地招呼我们下次再来。

市场一片嘈杂纷乱，卖水果的，卖烤玉米的，卖糖葫芦的，卖菜的，卖肉的，卖鞋袜衣帽的，卖豆腐的，卖各种小吃的……吆喝声、叫卖声、讨价还价声乱作一团。绕过这些嘈杂，询问母亲有没有想吃的，母亲一直摇头，这老太太脾气倔，不愿意的事情最好不要勉强，生气了可就麻烦了。

最后又在服装摊子上转了一会儿，走到一家铺子前，母亲停下脚步不走了，我回头奇怪地看着母亲，发现她盯着一件男式的排扣老式棉衣发呆，对大姐说："这件棉衣你父亲要在穿着肯定好看。"说着还用手摸了摸，仿佛那件棉衣是真的穿在故去的父亲身上一样。我的眼泪一下子掉了下来，赶紧转身看向别处，大姐也是眼睛红了。母亲远比我们坚强。

已经两点多了，我问母亲想吃什么，结果她说吃拉面。我和大姐都笑，吃什么拉面啊，我们吃麻辣烫去吧。母亲没有反对，三个人一人一碗，母亲吃得很慢，我吃完抢着付了钱，算是让自己心理平衡一点。

吃完饭出来母亲说要去超市，我说干吗去，母亲说给瑶瑶买果冻去。瑶瑶是母亲的重孙女，才两岁，一张小嘴巧得和八哥一样，母亲特别疼爱，每次来镇上都要给她买好吃的，而且买果冻一定要去超市买“喜之郎”。我故意气母亲：“疼重孙女有什么用啊？”母亲却不生气：“她好惹人心疼的。”其实我们都疼瑶瑶，若不是这个开心果，父亲去世的这一年，母亲该怎样度过？

买完零食也到回家的时候了，到公交车站点，车上已经差不多满了，给母亲在中间找了个座位安顿她坐下，我和大姐坐到了后排。看见车窗外卖糖葫芦的，我笑着问大姐想不想吃。大姐说可以试试，买两个吧，我说还有母亲呢，大姐说母亲没安假牙，可能不要。我喊着买了两个糖葫芦，和大姐坐在后排吃了起来。这时，母亲一转眼看见我和大姐在吃糖葫芦，一下子就问，你们哪来的糖葫芦，大姐说买的，母亲说，怎么不给我买？我和大姐笑着说，问了一天您什么都不吃，这会我们觉得您不要就没买，结果您又要。母亲也笑了，说，不麻烦你们了，我自己买，说完招呼买糖葫芦的给她拿两个。大姐说干吗买两个？母亲说还有瑶瑶呢，我和大姐又忍俊不禁。这时车上上来一个乞丐，伸手乞讨，车上的人纷纷议论，年纪轻轻的干什么不好，偏要乞讨？母亲却摸出一块钱递了过去。自从父亲去世，母亲一直遇见乞丐就施舍，也许她心里一直想着是为父亲施舍出去的。

回到母亲家，我一进家门就喊瑶瑶出来，大嫂洗了很多衣服晾着，母亲的床单被罩也晾在那里。瑶瑶抱着她的宠物熊，从熊的身后歪着脑袋看谁在喊她。看见母亲，瑶瑶把熊一扔爬下台阶跑过来了，拖着母亲的手把母亲朝屋里拉，拉进去指着沙发让母亲坐。母亲拿出糖葫芦给她，这小妮子，剥开上面裹着的塑料用手拽掉一个塞到母亲嘴边，母亲大笑着把糖葫芦吃进嘴里，慢慢咀嚼。瑶瑶又拽了一个一口一口咬着吃起来，还不忘吐出山楂籽。看着这一老一小吃糖葫芦，我心里无比温馨。

三

晚秋的早晨，我们坐在农用三轮车的车厢里，裹着围巾，戴着口罩，穿着棉袄，仍然抵挡不住冷风的侵袭。一个个缩着脖子，大声说出来的话被机器的嘈杂和冷风迅速分解，重复好几遍才能传递到同伴的耳朵里。哈哈一笑后不再说话，相互朝一块挤了挤，心里盼着早点到地方，车跑起来，怎么这么冷。

公路两边是成片的农田，这个季节玉米都收回家里，玉米秸秆有的清理结束，有的还砍倒堆放着。新闻说外省因为焚烧玉米秸秆造成环境污染，而这边的玉米秸秆这两年成了稀罕，养牛羊多的人一亩地出五六十元买来，还得自己砍倒拉回家。

远远地站立着一棵树，到跟前还没看清楚是什么树就已经擦肩而过，树叶早已飘落，只剩下树枝在随风摇摆。远处的移动信号塔上，喜鹊找了合适的支点堆着大大的巢，黑压压的和不锈钢支架形成强烈对比。不能不说鸟儿聪明，这个地方空旷，没有几棵树，把家安在信号塔上，既安全又实惠。

我们是去周兴，一个离我们村子五十公里的地方。元嫂子在那里种了八亩玉米，眼看着别人家的玉米秸秆都拉回家了，她家在那边种的玉米还放着。一着急，雇了我们八个人去给她家掰玉米。

他男人起个大早开着奔奔车（三轮农用车）拉我们过去，一是因为没有直达那边的车，路上要走一个多小时；再就是怕碰上交警，这两年，严禁农用车载客。

一路上路过了许多村子，移民到这里十几年，最醒目的建筑之一是村委会，新建的。村委会千篇一律，十间房子建造得和一艘舰船一样，第一间高耸的“桅杆”上安装着钟表，暗红色的外观醒目地标注着与众不同，往往矗立在村子中间。

等到周兴的地界，地理环境立马不同。这里的居民是原同心居民，单是房子的修建就与我们西海固的住户有很大的区别。人家的房子，哪怕只是一间，都收拾得宽敞明亮，绝不凑合。一堵土墙，打得棱角分明，宽窄有度，院子更是井井有条，没有多余的杂物。相比之下，我们有点邋遢。

奔奔车又走了十几分钟才到元嫂子家种的地里，错过了收玉米的季节，玉米秸秆被风刮得东倒西歪，一副颓败的样子。四周倒伏得没有一点行距。元嫂子招呼大家下车歇歇，暖一暖手脚，大家推辞，都说赶紧掰玉米，下午好早点回家。

女人们一旦打算干活，就是雷厉风行的节奏，玉米大部分都趴在地上了，要人拽起玉米秸秆一个一个寻找。这样一来，影响了进度，长时间弯腰，腰也难受。为了缓解气氛，大家一边开着玩笑，一边加紧手底下的活计，生怕下午掰不完。家里都有牛羊、孩子，男人出门打工去了，今天走得这么远，回去得迟了家里就乱成一锅粥了。

掰了有两块地的样子，元嫂子在这边的亲戚也来帮忙。是婆媳两个人，说说笑笑的，现在的年轻婆婆对媳妇很宽容，一家就那么两个孩子，媳妇娶了都像闺女一样看待。加进来两个人就是不一样，一趟过去进度明显加快。装玉米的编织袋散落在玉米行距中，元嫂子的男人和另一个帮忙的满地寻找，抱着装车。十点多一车装起来了，拉上赶快回去，元嫂子安顿让折回来时记得买馒头和水。

车冒着黑烟走了，元嫂子招呼大家休息一下再掰，女人们不肯，都说趁时间还早，没那么累多掰点。元嫂子喊了几次大家都没有休息。

天气今天阴着，而且越来越冷。快一点了元嫂子的男人折回来了，买的馒头、可乐，调的凉皮。女人们坐在地头边休息边吃，玉米已经掰了多一半，

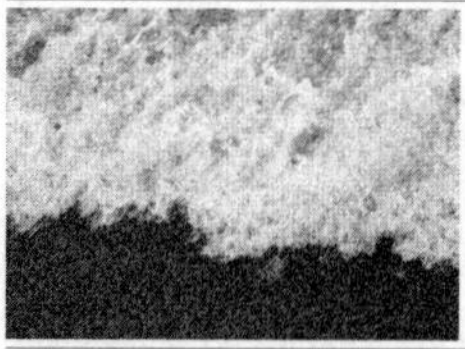

下午可以松口气。

地头经过一群羊，牧羊的是个孕妇，穿着拖鞋腆着肚子，一只手扶着腰，另一只手拄着一根棍子，既能当拐杖又能赶羊。一只羊欺她行动不便，脱离羊群冲进玉米地，低头啃食掰下来的玉米。孕妇要赶这只羊必须得跳过地头的水渠才行，元嫂子一看连忙放下手里的馒头，把那只羊追回羊群。我们都想着这个孕妇总得给元嫂子道声谢谢吧，可人家头一拧，赶着羊群离开了。剩下我们面面相觑，忍不住哈哈大笑，梅嫂子故意骂元嫂子“老骚轻”，给人家赶了羊人家都不领情。元嫂子咬了一口馒头说，唉，算了，都是大肚子时候过来的，和这种“瓜娃子”较什么量。

凉皮是装在塑料袋里拿来的，大家提在手里捞着吃，各显其能，只要能吃进肚子里，方式可以忽略。快吃完时田埂上来了一个老汉，看着有五十多岁，蓬头垢面的。元嫂子的亲戚说这是他们村上的一个流浪汉，没儿没女，没家没业，走哪就睡哪了。元嫂子递给他一个馒头，他没客气吃了起来，吃完又眼巴巴地望着，元嫂子又递过去一个，三两下又吃了。他一连吃了四个馒头才不要了。

天气阴冷得没一点温度，越坐越冷，吃完就赶快干活了。一起的兰嫂子是个好玩的人。她招呼那个流浪汉：“走，吃了人家的馒头不能白吃，要给人家干活呢。看见没，这些玉米掰完，我和她，给你领一个当媳妇去。”她指着元嫂子。几个女人都看着这个流浪汉，看他什么反应。

流浪汉龇着牙笑着，把两只手在后背的衣服上揩了揩，果真跟着兰嫂子掰玉米去了。我们跟着大笑，兰嫂子回头瞪了我们一眼，示意不要起哄。我们排成一行开始干活，兰嫂子和流浪汉相邻。她一边走一边和流浪汉聊天，从哪搬来的，家里其他人呢，有孩子没……流浪汉一边哧哧笑着一边回答。兰嫂子问他你没房子我跟了你住哪，他只是笑，不回答。兰嫂子又说，那你看，我和她（元嫂子）你要谁给你当媳妇呢？流浪汉思考了一会儿，指着元嫂子对兰嫂子说，要她呢，你我管不住，就跟人跑了。

大家再也忍不住了，哈哈大笑，一起揶揄兰嫂子，你看人家（流浪汉）那眼光，一看你就不是好人，你还是好好和你们老王过日子吧。

兰嫂子也自嘲地大笑，嘿，居然不要我。流浪汉又龇着牙笑笑，不再回答兰嫂子的话题。一起掰了两趟玉米，等大家发现，流浪汉已经悄悄地走了。元嫂子说，这种人才没瓜（傻），他有大智慧，他是觉得吃了我几个馒头心里过意不去，才掰了两趟玉米；也知道兰嫂子给他说当媳妇靠不住，所以人家不指望。

四点多玉米掰结束了，回家的工具还是奔奔车。这次又和早晨不一样，早晨是坐在车厢里，现在是把人架在装玉米的编织袋上面。我和兰嫂子、元嫂子一起爬上车，其他人坐另一辆。

奔奔车在路上跑起来，早晨忽略的景又要在眼前过一遍。快出周兴时，庄稼地里山羊绵羊混杂，一个个膘肥体壮，数目足有成百上千。一天的生活基本结束，而我们还在路上。

出了周兴一路向西，奔奔车声嘶力竭地在路上奔跑，身后一串黑烟尾随。目送着太阳一点点落下，天空暗了下来，冷风阵阵。路上跑运输的大车已经打开车灯，在它们的对比下，奔奔车像个火柴盒。

冷风灌得人手脚冰凉，我缩在兰嫂子身后不敢动弹。爬上这段坡，就离回我们家那条路不远了。可随着奔奔车的行走，一股胶皮被烧着的气味飘了起来，车冒的黑烟越来越浓，车速也越来越慢，没能熬到坡顶，车不走了。

元嫂子的男人跳出驾驶室，趴在车旁边打量着车哪里出了故障，我们一看三两下也找不出毛病，就从车顶溜了下来，站在路边活动着冻僵的手脚。车肯定是坏了，前面那辆车早已没有踪影，我们怎么回去成了大家都考虑的问题。元嫂子骂男人不操心，早晨走时不检查一下，现在把人扔半路咋办？

男人沉默着没有回答，我说要不叫个车先让我们回，家里都有牛羊、孩子，你们回头打电话再叫个车把玉米拉回去，顺便把车也拉去修。大家商量了一下也只能这样。

路边，冷风依旧，我们一次次挥手，一次次失望，来来往往的车，哪一辆可以送我们回家？

看着月亮爬上来

星星像长嘴的妇人，三五成群凑在一起，拥挤着整个天空。这么多星星，凑不起一点光亮，整个罗山脚下，笼罩在无边的黑暗中。北斗星一直是主角，到哪里都能看见它的身影。我枕着田埂，在无数星星中寻找北极星，却始终不知道哪一颗才是。

凌晨一点了，才浇了五亩地，还有三亩。五嫂子蜷缩在电动三轮车狭小的车厢里，搭着一件旧棉袄睡了过去。她之前招呼我也睡会，我让她睡，我看着水。她很快陷入沉睡中，醒着的我看着眼前的黑暗有点恐惧。起风了，杨树枝被刮得乱摆，树叶发出惊悚的声响。强打精神，远处游荡着一束灯光，这个夜晚，不止我一个人守夜浇水。

我离开三轮车去看水，田埂有点低，我打亮灯，铲土加固。靠边的地里去年犁地时被翻得略高于其他地方，水总是漫不上去，我拿铁锨不停地把这部分土扔进低洼的地方，好让水上来淹没土地。我忙着铲土，忽略了田埂，一抬头，五嫂子家正在灌溉的地里明晃晃一片。水漫过田埂在埂上扯了一道口子，奔涌进了五嫂子家灌溉过的土地。我急忙奔向那个缺口，左看右看没办法，跑去提了一个水泥盖板挡在缺口处，又把铁锨插进去，水勉强挡住了。可现在需要大量的土来填补，不然一会儿还是会被冲垮。

五嫂子被惊醒了，提着铁锨赶来救灾。我让她扶着铁锨撑住水泥盖板，我铲土填口子。可除了水渠边的土，其他地方都是水，我犹豫了一下，双腿踩进齐膝深的水里，用力铲着渠边的土，接二连三地填进了缺口里，水势有了缓解，我让五嫂子拿掉铁锨。她也帮着铲土加固，我松了一口气。

泡在水里的腿一阵冰凉，后背也被汗湿透，但看着被堵上的缺口还是让我欣慰，不然剩下的半块地可怎么淌。脚陷进淤泥里有点拔不出来，我喊嫂子过来拉我一把。脱离了冰凉的水，站在田埂上，裤脚上的水滴滴答答，风吹在腿上，居然觉得温暖。

五嫂子说还得一个多小时呢，你这样湿漉漉的咋办？我说没事，再凑合一会儿就回家了。嘴上说没事，其实腿脚确实不舒服。

比起刚移民到这里的时候，这点意外根本不算什么。靠天吃饭的我们，在老家的沟沟峁峁上撒下一把种子，就等着收割，收成的好坏要看雨水的多寡，收成好了日子宽裕一年，收成不好日子紧张一年。没人去考虑平整土地还是改善土壤。后来移民到这里，看着比老家平多少倍的土地，想着这么平的土地一定好种，并为得到这些土地而欣喜。

然而水一进地就完全不是那么回事了，哪怕地这边比那边高出几厘米，水都上不去。还有就是新挖的二三百米的水渠，根本盛不住水，不是这段被水冲垮，就是那段漏水，十几个男人女人挡不住一渠水，一个个被折腾得在渠上狂奔乱跳。一次灌溉下来，人人谈水色变。

一次次的摸索，一次次的实践，当我们把水真正驯服在水渠里的时候，已经是移民到这里的四五年以后。水渠被树根和草根锈住，我们也掌握了浇水的一些方法。还是和水在战斗，人员已经减少很多，四五个人就可以。

那一次，家里就我一个人，喊了我姐帮忙。从下午六点接上水，十几亩地淌了一夜还没有结束，早晨大姐回家去了，我一个人看着。剩了两块地的时候，水渠坏了。老鼠在树根底下打了个洞，洞被水越冲越大，怎么也堵不上。渠被水扯掉了两米，我站在水里欲哭无泪。这个口子没办法堵上，剩下

的两块地咋办？错过这次灌溉的水，我这两块地的庄稼就全毁了。田埂上站着的一个邻居双手抱着膀子，一副幸灾乐祸的表情，说不行了不行了，这两块地说啥也灌溉不上了，赶紧把水打给我让我灌溉吧。

熬了一夜的我已经累到极点，却被这句话气到了。现在还有一个方法，就是打住上面一块地的水口子，让水从上面渠里过来后，倒流进这个渠里灌溉这两块地，但是上面有八个水口子，每个缺口都需要大量的土去填充。丈夫出门打工去了，我没有任何倚仗，他不在的日子里，我得把自己当男人一样，才能扛起生活的重担解决遇到的麻烦。

我固执地一定要灌溉这两块地，而邻居也固执地不肯帮忙，他就是要看看我一个女人家，如何完成这不可能完成的土方量。我不再期望他帮我一把，捞起铁锨，踩着渠里的积水去补上面一块地的八个水口子。一铁锨踏进地里，连泥带水捞起来，拍到水口子上。不知道重复了多少次这个动作。我补完了八个水口子，水按照我的预期顺利地倒流进了那两块地，邻居灰头土脸地离开了，我全身都被泥水糊了，一屁股坐在田埂上，头晕目眩。

五嫂子听完我的讲述有点目瞪口呆，说，你们当年在这里吃了那么大的苦啊，那个男人咋那么心狠，就那么看着你一个人补水口子啊？我大笑说，人家凭什么帮忙。他不帮，我还是把水灌了。你看现在多好，清一色的水泥渠，又省事又省力气，一个人坐地里都把水浇了，你还能偷空睡一觉。那时候，我就觉得是在拼命，好在那时年轻，要是现在，我怎么也没办法在那么短的时间里补起来八个水口子的。

后半夜罗山背后一片光亮，似乎掩藏着一座灯火通明的城市。我盯着那些光亮发呆，以前浇水的夜里没看到过这样的情况。嫂子又睡了过去，发出轻微的鼾声。熬夜到这会，她太累了。我想睡却不敢睡，野外的夜晚太过寂静，流浪狗随时出没，我得给嫂子放哨。

再一抬头，红晕处探出了一点金色，我努力睁着眼睛，那是月亮吗？一点一点，就像切开的一瓣金色的哈密瓜被人高高举起，又像裹在襁褓里的婴儿，更像一张神秘莫测的人的侧脸。我就这样看着它慢慢爬上罗山，再高高远离罗山。此刻的月亮是金色的。罗山笼罩在一片柔和的光里，升腾起茫茫雾气。黑暗顿时开始撤退，朦胧中，树叶沙沙。嫂子翻了个身问我，一块地淌满了没有？我让她安心睡。

水继续哗哗流淌，月亮越升越高，金色慢慢褪去。

春日滚泉梁

我一边插树秧一边打量着我们的“老板”，五十多岁的一个老头，一头白发，脸上没有什么皱纹。他戴着白色的遮阳帽，白衬衫，白裤子，脚上一双回力白球鞋，体型高大健硕，一尘不染的样子让我们这些满身尘土的女人自惭形秽。他来回奔走于几块田地之间，监督我们干活。他不停地走，不停地用普通话说，快点干，啊，快点，早干完早休息。这句话我们听了无数次，因为老板总在快干完的时候找另一个理由随意反悔。

梅嫂子盯着他来回扭动的屁股白了他一眼，悄悄和我说，我饿得不行了，才十点，咋办呢？我看着这老头快折回来的身影说，再忍忍吧，这人不行，别为一口吃的翻脸。梅嫂子叹口气，咽了一口唾液继续干活。

滚泉梁因为一眼清泉而得名，方圆几百里的地界都叫滚泉梁。我们谁也没见过这里的泉是什么样子，就被一辆卡车拉来栽柳树的秧苗，一天六十块钱。春天的滚泉梁秃得没一点植被，暗红色的土壤裸露在天地间饱经着风吹日晒。远处正在修建一个人工湖，人工湖旁边堆砌着一座假山，山上栽种着云杉，远远看着像母亲纳的千层底针脚，星星点点，错落有致，为秃顶的滚泉梁增添着一点温情。远处的景一直在远处，和我们这帮人没关系；近处的景不知道是什么样子，也没有谁会腾出时间去看。

秧苗是把春天还没发芽的柳枝，拿剪子剪成二十几公分长的小节，插进地里任由柳枝生根发芽。插的时候要注意让树芽向上，不然树秧长不出来。栽秧苗要两个人一组，一个人站着拿钢筋棒在覆好的薄膜上等距离戳一个洞，另一个负责看好秧苗插进去，在地面露出一小截。

我们已经在滚泉梁上栽了三天树。听说雇我们的这个老板是个体育老师，还没退休。看着他一刻不停地走动，监管我们的样子，确实是长年锻炼才能有的耐力。

人要累了饿了，时间也会戏耍人。感觉栽了很久，才过去半个小时。梅嫂子用无奈的眼神看着我，脸色有点泛黄，我们俩也渐渐被搭档落到了后面。我说要不你吃一口吧，到十二点还早呢。梅嫂子说人家要骂咋办？我说吃一口馒头能耽搁多少时间，咱给他赶出来就是了。

梅嫂子刚把馒头拿出来咬了一口，老板已经站她面前了，字正腔圆的普通话像冰雹一样砸向梅嫂子。无非是没到中午休息的时间，你一个人坐下吃，十几个人都要坐下，这样子耽搁多少活呢，早晨在家怎么不吃饱了再来……

早晨？早晨天不亮梅嫂子就起床了，喂牛，给婆婆做饭，做好饭刚准备吃，车已经来了，梅嫂子装了两个馒头就跑，哪里顾得上吃。本来我们在其他地方干活，早晨九十点钟是让休息一下，吃点馒头才继续干活的，可到这儿三天，我们早晨吃馒头的时间被取消了。

面对这些数落，梅嫂子嘴里嚼着一口馒头，眼里的泪花左右打转。吃也不是，不吃也不是。想想我们几个，自从一起搭档打工以来，因为吃苦耐劳，不投机取巧，从来没有被老板刁难过，今天为了吃一口馒头却被这样指责，我一下子来气，质问这个老板，吃一口馒头能浪费你多少时间？我们是长年给人打工的人，长年和老板打交道，说实话没见过你这么苛刻的；就是个机器，运转一会儿你总还让歇息一下吧，何况是人？您也是为人师表的人，这些道理还用我们几个村妇来讲吗？

老板转身看着我，表情很气愤，用手指着我半天没说出来话。我说您看，如果您觉得我们干活不好或者耽搁您的进度，您派车送我们回去就是了，何必为吃一口馒头说这么多话。一起来的十几个女人都停下手里的活计，看着这边，不知道发生了什么，老板半天没有说话。我们就这样和老板对峙，气氛一时尴尬，老板一挥手说，吃吧吃吧，吃完赶紧干活。

梅嫂子忐忑地吃了几口馒头就起身干活了。因为长久地蹲着，所有的重量都集中在腿上，腿脚不堪重负，我只好把膝盖顶在地上缓解腿脚的压力，半跪着前行，腰也开始隐隐作痛。梅嫂子要替换我一下，我拒绝了，都不容易，再坚持一会儿吧。

因为我的顶撞，之后的一个小时老板再没跟着唠叨，大家觉得耳根子清静许多，时间仿佛也过得快了。十二点是一个转折点，意味着我们一天的活计过去了一半。坐下休息时，起风了，一阵阵土尘在滚泉梁上来回招摇，掀起一阵土雾，一时间天昏地暗。

之前说好老板中午管一顿馒头，一瓶矿泉水。老板把馒头提来，我们一人拿了一个准备吃的时候，“哑巴”不愿意了，拿着自己手里的馒头呜哩哇啦指着，还给一起坐的人看她的馒头。大家都不明白她在说什么，她旁边那个女人赶紧翻译，让大家别吃手里的馒头。都问怎么了，翻译的女人说，“哑巴”拿着的馒头被老鼠啃了。估计这是昨天没吃完的馒头，老板没拿回去，放在这里晚上被老鼠糟蹋了。她这样一解释，又有几个女人陆续发现自己拿的馒头上有老鼠轻微的齿痕。一包馒头被重新装了回去，堆在田埂上任风吹。老板一看都不吃，过来问咋了，我们七嘴八舌地开始控诉。

这种控诉瞬间打败了老板，他开着自己的小车离开了，带起一路沙尘。我用随身带着的旧棉衣把自己包裹起来，躺在一个山梁上。把自己和让风刮得混浊不堪的滚泉梁隔绝开来。“哑巴”看着远去的小车连说带比画骂得一塌糊涂。偶尔会从声带里蹦出一个清晰的字音，但大部分话语是混淆在一起的，成为了一连串的“呃呃呃呃呃呃呃”，我一句也听不懂，和她相熟的女人一句句翻译着，居然条理分明。

我开始注意“哑巴”，她的表情太丰富，皱眉、瞪眼、微笑、发怒、急躁，可以瞬间在她脸上过一遍。“哑巴”的手势打得特别好，如果说老家，她会用手打出起伏的波浪线，意思老家到处都是山；而说起这里，她用手搭在眉毛上平平挥出手掌，表示这里一马平川。“哑巴”打着手势问一个小媳妇结婚了没。小媳妇哄她说没有。“哑巴”站起来，先用手在自己头上比出一个高度，又在头上抹着三七开，在脖子里比画着打领带，然后又比画着穿西装，完了还不忘抖抖肩膀，一副神气活现、踌躇满志的样子。那个翻译的女人对小媳妇说，看见没，“哑巴”的意思，让你找女婿要找一个个子高长得帅的，穿西服打领带、油头粉面的。小媳妇郑重其事地对“哑巴”点着头，竖起大拇指。“哑巴”开心地笑了。

“哑巴”不丑，但说不出来话，嫁的男人瘦小干瘪。“哑巴”一直不情愿，生了一个儿子后再也不给男人生孩子了。我们问她咋生了一个，“哑巴”指着肚子，脸上的表情瞬间痛苦，咬牙切齿地“说”着她的愤怒。她用肢体语言和表情完美地表达着自己的想法和需求。听说“哑巴”针线做得特别漂亮，做饭也好吃。

我们就这样看着“哑巴”比画，时不时有女人和她“对话”，但是没有一个人能在“哑巴”那里占到便宜，我诧异于她的思维敏捷，却又被她的犀利逗得大笑。老板吃饱喝足后带着新买的馒头回来了，我们一人吃了两个，已经到了下午干活的时间，沙尘暴笼罩了整个滚泉梁，看不见远处的假山和湖。吃完馒头，感觉满嘴的沙尘。拿水冲了一下，没等老板催，我们自觉给人家上工。

下午时间过得尤为漫长，太阳在九天之外朦胧得和月亮一样，只剩下一个圆圈。没有人再说话，快点下班是大家最大的期盼。

快回家时，风慢了下来，老板付过一天的工钱，说明天不用来这么多人，让我们商量看谁留下。大家都没人言语，带工的女人说要不你挑几个人，你觉得谁干活干得好谁留下。老板挑拣了三四个人，最后指向我，问我明天还来不，我说不来了，你另找人。

坐在卡车上回家向后望去，滚泉梁越来越远。

变 脸

今天一天，我被一个接一个的诉苦电话包围，内容让我哭笑不得。

最先打电话的是我们打了三年交道的葡萄种植户，她们家的葡萄这三年时间都是雇我们打理的，我们称呼她为“老板”。她打电话的内容是，控诉我给她找的刨葡萄的人不行，语气极其哀怨愤怒，近乎声泪俱下，好像我找的那几个人把她家的葡萄树连根刨了一样委屈。

又是一年刨葡萄的季节，用人紧张，我和兰嫂子早早答应了别人。又刨葡萄又绑枝子，已经干了好几天了。昨晚这个诉苦的老板打电话让给她干活，我说我们答应别人了，她说那你帮忙给我找八个人。我又是打电话，又是东家进西家出的，把这个老板夸得和自己家姊妹一样才给她凑了八个人（出去干活，谁都不想碰上难缠的老板）。早晨我又起早先走一步把人领到她的地里。

她在地头笑得和一朵花一样迎接着我们。想起我们和她打交道的三年，她一直是这样灿烂地笑着，不像别的老板，一天到晚黑着一张脸。我和兰嫂子从心里认定她是好人。她也确实是好人，在她的地里劳作，她时不时喊我们休息一下再干，或者和我们家长里短地聊天，中午吃饭回来给我们买馒头、榨菜、鸡腿、可乐让我们吃喝。我和兰嫂子莫名感动，给她干活从来不省力气。如果在别人家地里，除了馒头就是矿泉水。三年时间，我们彼此信任，干活没有出一点麻烦。

今天我给她找的干活的人更是一群老实人啊，不偷懒耍滑，没多余的话，怎么就起了冲突呢？听着她的愤怒，我满心疑惑。只能好言安慰她说这两天的人不好找，先让干着吧，我这还给别人家干活呢。

刚把她打发了，我的手机又响了，一看正是我介绍过去干活的搭档。一接上就是抱怨，说我把那个女人夸得和一朵花一样，没想到那么难缠。他们拼命在干活，可老板还跟在屁股后面催，一会儿说壕沟没给她收拾干净，一会儿说伤了她的葡萄苗子，一会儿又说没有进度，更可恶的是，背了几瓶矿泉水还不给他们喝，这么热的天气，这么大的土方量，不给水怎么干活？搭档越说越愤怒，我庆幸自己不在现场，不然唾沫星子能溅我一脸。

眼看中午了，我又好言安慰打电话的这个搭档，再忍一忍吧，出来挣钱来了，就朝钱的脸上看，她的话你就忽略了算了。

我又干了一会儿活，那个老板电话又来了，气得声音开始颤抖，说去年雇了我们八个人，早早给她把葡萄苗子刨出来了，今天的这八个人，眼看中午了才刨了一小半，还不让人说，一说就顶嘴……

中午的太阳开始炙热起来，面无表情地看着大地上为生活奔波的人们。天空没有一丝云彩，麻雀、喜鹊、鸽子都躲得没影了。连续接了几个电话，我被兰嫂子甩了一块地的距离，心情也莫名烦躁起来。

下午刚开始干活，那几个搭档电话又打进来了，说都没水了，老板把几瓶矿泉水抱在怀里不给喝，还说下午这些葡萄苗子刨不完就不给钱。这么大的土方量，刨完是不可能的，咋办呢？我说你们先干着，不管她，到下午了再说，水的事情我给她打电话解决。

安顿好搭档，我又给那个老板打电话，苦口婆心劝她，这么热的天，不给水喝谁也干不动活。她答应了，可还是抱怨我给她找的人不好。

看着我左右受气，一起干活的兰嫂子笑得直不起腰来，骂我多管闲事，自讨苦吃，操心受累的命。我也忍不住大笑，他们一边是挣钱的，一边是用人的，于我没一毛钱的好处，为什么出了问题都找我？

兰嫂子劝我把电话关静音，让他们打去。咱们也给别人干活呢，再接电话我们老板该不高兴了。你别顾了别人的手指头，剁了自己的手腕子，还想在这混不？

我讪笑着听从了兰嫂子的建议，手机关了静音，埋头好好干活，暂避一时清静。等到下午，手机拿出来一看，那个老板打了三个电话，那伙搭档打了五个。我实在不知道他们打电话给我能解决什么问题。

和搭档正说呢，那个老板撵我们干活的地里来了，质问我咋不接电话，我撒谎说太热，手机装衣服里没拿。她一屁股坐我面前，又开始重复电话里说过的那些话题。干活的人不行，不好好干活，你们干活好不给我干，今天指来的这几个人快把我气死了……可怜我满头大汗不停地干着活，还得给她说话宽心。她一直说到我们下班，非要我去她地里看看。我只能答应，不顾兰嫂子杀人的眼神准备和她去。

去她地里一看，我的搭档们还在闷头铲土，一个个把腰弯得和刨出来的葡萄枝子一样。老板说，你看看，今天一天才干了一半；你想起没，去年你们八个人多半天就给我刨出来了。

我看着面前臃肿的土塄，比去年高了宽了不少，也没用车犁一下，全部要人工挖掘刨出葡萄苗子。去年刨葡萄确实是八个人大半天就刨出来了，可去年没这么大的土方量；她也是占了天气的便宜，那天罗山上落雪了，天冷得人在野外站不住，只能拼命干活让自己暖和起来，中午都没休息。去年的和今年的根本没有可比性。

我陪着好话让她给搭档把今天的工钱结了，明天让她另找人去，已经这样子了，他们也一下都没停，不给钱说不过去。搭档们也不愿意了，说如果不给工钱就去她家坐着不走。老板极不情愿地付了工钱，一人八十。我看着搭档们后背上的汗渍忍不住心酸了一下。

回头骑车去接兰嫂子，又被她一顿好骂。骂就骂吧，可她说我们明天也没活干了，我急忙说咋了，她说老板嫌我们俩干活不行，净在他地里打电话了。我一听就知道是因为今天的电话影响的，有些过意不去，和兰嫂子说对不起。兰嫂子不骂我了，叹口气说，没事，这两天正是用人的时候，不怕没活干，问题是你心太软，净是给你找事的。我没再言语，知道这是兰嫂子心疼我。

晚上吃完饭，又是电话，还是那个老板打来的。这次不是诉苦，而是道歉，说错怪我搭档们了；她回家一打听，今天数她家的葡萄刨得多，让我重新联系这八个人给她明天继续干。我哑然失笑，不知道再说什么，答应给她再问一下。

一圈电话打下来，搭档们口气一致，说哪怕明天在家睡一天都不去。今天其他指责都可以忍受，唯独下那么大的苦却不给水喝，这件事和她那张脸，让人半辈子都忘不了。

我把电话回过去，转达了大家的意思，她的口气近乎哀求，说别人不去让我和兰嫂子去给她干一天。我说我们也不去，你得罪了我的乡亲，我们去了以后怎么给他们交代。

一会儿她的老公又打来电话，依旧道歉，但没有人愿意去，他悻悻地挂了电话。我知道我们保持了三年的主雇关系就这样结束了。成这样一种僵局，作为当事人的我谁都不怪，我感念老板对我的好，可我同样也得顾及我搭档们的面子。

此后再没有给她干过活。再见她时，她依旧笑得阳光灿烂，我们也回敬她微笑，还是热情地打招呼，但其间多了些难以言说的尴尬。

童　年

童年是一眼望不穿的群山叠嶂，那满山的翠绿，烟雾缭绕，如诗如画的梦幻；童年是启明星升起时骑在驴背上，吆喝着牛羊去放牧，踏着清晨的露水，洒一串快乐的笑声；童年是三月桃花盛开时的满山烂漫，一群孩子追逐在花丛中，折一枝插于鬓间，便是别样的俏；童年是山里野果成熟时，坐在树下吃果子的馋，总觉得那是世间最美的美味；童年是河滩上成片蒲公英盛开时那如絮飞舞的美，轻轻吹一下，似乎也放飞了自己的梦；童年是冬日飘雪时带着自制的冰车找一个坡溜冰的乐，伙伴们推着拉着，忘记的是凛冽的冷……

我独一无二的童年，多少次梦回故里，多少次遥相思念，今生再也回不去的地方，魂牵梦萦永远难忘的快乐……

听风所感

不知道经历了多少个这样的夜晚，夜半狂风大作，吹得窗户发出呜咽的声音，然后自己总是会从睡梦中醒来，听风来诉说它的情怀。

蓦然之间我有了十年这样与风相伴的日子。夜的寂静，爱人、孩子的呼吸声，和风的不安分是一种别样的风景，也许这时候心才会真正地静下来，只是自然地被吵醒，只是在听风的任性和随意……

时常听别人咒骂起风的天气，我也曾一度反感。可时间久了突然喜欢上了风的无处不在，西北广袤的土地上一眼苍凉，若没有风岂不是很寂寞？换个想法，世界便是别样的色彩！

我不是明媚如春的女子，曾有不少网友说我忧郁如黛玉。我大笑，怎么可能？风早已刮去了我的脆弱和柔和，只剩下爽朗和坚强让我生活。

一个人的思想总是如风般无休止地变化，而我就是这样一个如风一般的女人。开心时大笑着和别人分享我的快乐，忧伤时哭得一塌糊涂，生气时也跳起来大骂。我觉得人没必要把自己修炼成圣人，戴着面具来生活。只要保持心中的善良、正直、诚信，又何必来委屈自己为别人去改变，取悦别人？如风般轻灵、随意、洒脱不好吗？

风依旧在吹，如世事的不可捉摸。淡然快乐来看待生活，任凭风起云涌，心静一切都好！

念你如初

你来了，在新年，在春天的开始，在满天繁星的时候，你站在了我面前，微笑，问候，一如我们十岁时的相遇……

炉火，暖炕，你，还有我嬉戏、吵闹的儿女，共同坐在炕上。在这个寒冷的夜晚，我郑重地给我的儿女介绍：“这是妈妈最好的同学和朋友！”你附和：“我和你妈是同住一个大通铺，同睡一个被窝，同吃一碗土豆菜，一起疯了五年的好朋友。”我大笑，那些曾经的快乐和眼泪一齐浮上心头……你是个安静、优秀的女孩，而我却是个嬉闹、爱笑的假小子。和你熟识后时常跟在你后面烦你，你总是好脾气地纵容我的胡闹，有好吃的也会和我分享。

你是班里的优等生，我却严重偏科，从小学四年级数学就没有及格过，你给我讲了好多次作业我就是不会，你没少数落我。小学升初中时我以为要和你分开，可命运就是那么神奇，我的其他文化课居然弥补了我的数学，我以超过分数线一分之多和你考进了同一所中学，而且还是一个班，一个宿舍！

三年的初中生活我走得歪歪扭扭，数学始终是我致命的伤。我们俩也吵过、闹过和好过。你优秀的解题方案始终灌不进我对数学不开窍的脑袋。数理化我始终没有学好，初三快毕业时我看见了你眼里的担忧，我却依旧笑得没心没肺，依旧抢你的数学作业来抄，忽略你杀人的眼神和恨铁不成钢的“唠叨”。

中考结束，结果早在我意料之中。我就这样离开了校园，在你忧郁的眼神中头也不敢回；你也没少为我想办法，出主意，可这都无法改变我离开的事实。

后来你学业有成，我却嫁作人妻。不同的人生轨迹并没有改变我们的情谊，你或者我，即使少有联系，却始终将这份情谊铭记。

这次相聚距离上次又是三年，回首过往感慨万千，转眼我们都快奔四，经历了生活的洗礼，彼此都有足够的淡定从容，无论生活是怎样的曲折，我相信我们都有足够的勇气面对。

时光静好，念你如初，亲爱的你，今生记得……

一窝斑鸠

春天被一场场沙尘暴强行送来，杏花开了，柳叶散了，连杨树也开始发芽。我家屋顶来了几位新客人，起初我以为是鸽子，但细看之后才发现它们比鸽子小，通体是灰色的。我好奇地看着它们在屋顶盘旋，又振翅飞向远方，那身影比鸽子还矫健敏捷。每天下午它们都一对对停留在屋檐上交颈私语，似乎有说不完的悄悄话。我尽量在院子里轻手轻脚，生怕打搅了它们的幸福。

马上要春灌，屋后的菜园子里还堆放着玉米秸秆。早晨我早早起床，一捆一捆地把玉米秸秆挪到空地里，想尽快把菜园子收拾出来。搬着搬着，看见头顶飞过一个灰色的身影，落在旁边的杨树枝上，着急地左顾右盼着。我疑惑地停下手里的活计，看着这只鸟在树枝上上蹿下跳，不知道它要干吗。看了半天也没明白什么情况，就继续干我的活。

那只鸟在我头顶的天空来回盘旋，我开始烦它。挥手出声惊吓，它远远落在杨树枝上，就是不肯离开。我不理它，继续搬我的玉米秸秆。就在我又一次搬起一捆秸秆准备走时，抬头看见了让我心惊的一幕：秸秆顶端，一个鸟窝已经摇摇欲坠，里面隐约看见白的蛋，不知道是几枚。我只要再搬一捆秸秆，那个窝就彻底掉下来了。我不由得停下手里的活计，责怪这只傻鸟：你筑窝也选个安全的地方啊，这里就算我不知道，可那些野猫哪一个不对你这个窝“猫视眈眈”？

我把搬开的玉米秸秆又放回去，支撑住这个鸟窝。暂时是不能搬玉米秸秆了。回到屋里，看见群里的朋友闲聊，我就说了这个情况。一个懂动植物的朋友告诉我那是斑鸠，让我不要动它们的窝和窝里的蛋，稍一挪地方，斑鸠就不会再继续孵化了。

我再出去时，看见那只斑鸠已经返回它的窝，在秸秆堆里安稳地孵着它的蛋。我远远看着它，它也用黑豆一样的眼神看着我。第二天，我又看见它在衔树枝加固昨天被我弄乱的窝。

日子一天天过去，我的心里一天天焦虑，春灌的日子越来越近，菜园子必须要在灌溉前腾出来。每天看着那只斑鸠忙忙碌碌地进进出出，我实在下不了决心去打搅它的生活。可是我能留给它们多少时间去出生成长？

这一窝斑鸠，我该拿你怎么办？

排外是一种天性

女人们刚六点就出现在菜棚里，五个人一组进棚摘辣椒。棚里的光线还不是很好，但是因为一个小时挣六块钱，大家为凑时间也不管这些，拉开架势开工干活。随后进来了两个陌生女人。大家相互看了一眼，脸上的表情都有些不悦。

棚里的辣椒已经摘了好几茬，正是产量好的时候。它们在辣椒树底部像一个个绿色的冰凌一样挂着，簇成一堆。这帮女人手快，只听见辣椒把与辣椒树分离的“叭叭”声，再就是辣椒扔进编织袋里冲撞出来的沉闷。

七个女人分成两派，五个一组，两个一组，各自说着自己才懂得的闲话和玩笑，互不交流。渐渐地气氛开始不对，五人组发现她们摘一行半或者两行，二人组才摘一行。她们背出去两次，二人组连一次都还没背。五人组心里开始不平衡，总想着怎么把这二人组撵走才好。好不容易一个棚摘完，二人组被打发进另一个棚。

五人组开始议论这件事情，说二人组真够臭不要脸，偷懒耍滑，这个样子也敢出来混钱。议论了一会儿也就不说了。一会儿老板过来看辣椒情况。五人组中被称作“阿姨”的女人撇嘴对老板建议：你看看你雇的那两个人……老板一听脸色不悦，转身就去找二人组。摘完一棚后，二人组被打发回家了。五人组窃笑，她们可以多干一个小时了。

关于儿女

回家已经是下午六点，累到极致，从早晨到现在就吃了三个馒头喝了一瓶开水，却没有饿的感觉。

迎接我的是儿子和妞两个人欢喜的拥抱、大笑，我掏出买来的西红柿给他们。儿子接过去憨憨地说，牛羊已经喂好了，我一个人喂的，你丫头什么都没干。妞抱着我的腰，说，你听你儿子胡说，我还给他抬水了呢。哈，他们两个每天就是这些鸡毛蒜皮的官司，断也断不清楚。我有些不耐烦地挣开妞的手，让她去洗西红柿吃。

母亲一直说我两个孩子的性格反了，儿子安静，沉稳有耐心，妞风风火火，粗心大意，还好赖不分。

嘱咐儿子的事情基本可以不管，妞跟在屁股后面喊着也出错，还得理不饶人，动不动就武力解决问题，看着都头疼不已。

忙碌的生活已经让儿子过早地去面对生活。我不在家他可以自己照顾好自己，煎鸡蛋、炒米饭、烧水、喂牛羊、喂小鸡。作为母亲，我有时候觉得对他有歉意，少年的他过于操心这些不属于他年龄的琐碎。但是我一点都不担心他将来不好，只有经历了这些琐碎，他才会在以后的生活中过得坦然从容。

苍白的道理

想起曾经年少时，自己老是一副悲天悯人的心态，给这个讲道理，给那个劝家务，并时时为自己所做的事情沾沾自喜，以为自己可以拯救别人。

等到自己过了而立之年，经历了生活的种种，突然为自己曾经口若悬河的讲道理感到羞愧。这个世间没有谁能真正走到谁的心底，你所说的理解和懂别人，其实离别人的真实感受很远。你不懂他，又何必去讲那没用的道理？

如同那次，遭受了十几年家庭暴力的表姐，坐在父亲家的沙发上哭诉得天昏地暗，而我却面无表情地听着不想说话。要在几年前我一定会仗义执言，劝她离婚。可我现在却不知道说什么好。能忍受一个男人十几年的家庭暴力而没有选择离开肯定有她的道理。那么这一次呢？她要离开肯定不会来哭诉，既然在哭诉就说明她还在留恋他，别人就是讲天大的道理又有什么用呢？果然第二天她又跟着那个男人回家过日子去了。

人生中好多事情都不是我们能预料和掌控的，活得越久越明白，想劝解别人是一件多么艰难的事情。道理谁都会说，可真正能把纠结的心态放下的能有几个人？我们都是凡夫俗子，没有圣人那么深远的影响力，可每个人的心中都存在着一种美好：希望人人都能有圣人的品质，修己谦逊，与人为善！那么在给别人讲道理的时候，我们对自身的行为有没有深刻的认识和反省呢？

“己所不欲，勿施于人。”若你自身的品质和行为不能影响和鼓励别人，那就选择沉默。因为这样做要比讲苍白的道理更值得人尊敬。

买个车车去种地

又是一年种玉米的时节，怎么种还是让人纠结。现代化的机械固然简单快捷，可还是存在一定的弊端，比如出苗率不好，比如漏播一两行的情况时有发生。

我几乎固执地要买个人力播种机。老公说如果买来今年的十一亩玉米让我一个人种去（其中包括种了别人的五亩），反正他顾不上。我说种就种，这几年都是我一个人种地。老公继续嘟囔，你叫个车带的机器多省事，你往地头一站看着种上就好，非要买个车车干吗？我不理他，就是要买。机子买回来了，在院子里试了一下下种的效果，走了半截路只漏播了一粒。要照这个情况，出苗率可以保证在百分之九十五以上，而车带的播种机能保证百分之八十五就不错了。

我武装好我的车车，带好种子、干粮和水出发了。到了地里，把种子添加进去就开始推着走，车车“哒哒哒”地开始工作，每响一下，就意味着落下去了一粒玉米籽。走了一行，我停下转身趴着在播过的地方查看落籽的情况，连刨三次，里面都有玉米籽。这让我开心不已，推起车车一行一行不停地播种。

旋根机最大限度地把土地变松软，走在上面感觉像踏着海绵。可不停钻进鞋子里的土打破了这种幻觉，走个十几行就要倒一下土。中午的太阳晒过来还是炎热的，加上不停地走路，没一会儿我就气喘吁吁满头大汗了。一块地大概要种四十几行玉米，一行玉米要走近三十米。

邻居老汉叉着腰站在田埂上看着我种地，等我到跟前了大声笑话我：“啥年代了，你还用这种土办法种地？你站地头一招手，大车小车应有尽有，一会儿就种上了，你吃这个力干吗？”我喘着粗气故意气他老人家：“大车种要钱呢，我的力气不要钱。”“你赶紧待着去，你以为我不知道，这一个车车要将近四百，四百块钱叫大车够你种两年的了。”我笑了笑。信息时代，现在的老人家也没那么好蒙。

老汉看了一会儿摇着头走了，肯定是气我的冥顽不灵，不可教化。我继续种我的地，其间又有好几个人来看，有肯定的，有否定的。

三个半小时，玉米籽一粒粒地少了下去。我喝完了一大杯水，在这片地里来来回回推着车车一直走，五亩地就这样被我种完。尽管很累，可看着像被梳子梳过一遍的土地，我满心喜悦，满满的成就感在涌动。夕阳正好，希望无限！

红寺堡之春

红寺堡在春天的季节里，却没有春的景，犹如冬的肃静，却被风撩拨得心神不宁，家家后院堆积着玉米秸秆，现场肮脏凌乱，那是牛羊一年的伙食。觅食的流浪狗东奔西走，左窥右探，聚集在村庄四周，伺机寻一口果腹的食物；一只狗发现了丢弃的羊头骨，兴奋地衔起落荒而逃，身后群狗沸腾，扬起一溜沙尘。

起风了，天气瞬间清冷起来。我坐在窗前，看着窗外，两只喜鹊在杨树梢上忙忙碌碌，修补着漏洞百出的巢。多嘴多舌的麻雀没了踪影，天地间一片混浊。邻居房顶上的瓦横是横行竖是竖行整齐地覆盖着屋顶，二十米长的屋脊做工精细。五间大瓦房下住着老两口，这是他们儿子花费数万元修建起来的。老两口只住着一间房，其他的空置着，灰尘、老鼠、小虫子、杂物住着其他四间。修建房子的人早已埋骨黄土，老两口还活着。屋脊上悠然落下一只斑鸠，被风吹得呆头呆脑，迟疑着不知何去何从。作为装饰的两只瓷鸽子，保持着一成不变的姿势。

夜晚的风呜咽着在窗外的世界肆虐，院子里的空饮料瓶子“咣当咣当”满院子滚，我又被风吵醒，屋里弥漫着一阵土腥味。风来得毫无征兆，天亮时也去得没有踪迹，睡醒的人看着干净的院子才知道晚上刮风了。早晨不用扫院子，一夜的风已经让土和玉米叶子堆在了哪个拐角处。也别高兴得太早，有时候刚扫了院子就起风，塑料袋、玉米叶一股脑地翻墙蹿户，把扫干净的院子弄得乌七八糟，让你哭笑不得。春天的风，像个调皮任性的孩子，虽然没几个人喜欢它，可又不能忽视它的存在。

天气酝酿了很久很久，在黄昏时分落下了雨。我呼吸着空气中湿润的清凉气息，感受春天姗姗来迟的脚步。十几年了，红寺堡的春天飞沙走石，狂风肆虐。今晚落雨，见证了红寺堡移民和自然抗争的进程，在春天落雨，在这个半沙漠地区是一件多么幸福的事情。今天看见垂柳幼稚的嫩芽在狂风中摇曳，如新生的孩子用新奇的眼光打量世界。九娃姑姑在路边栽种的一排七叶花有的冒出了几片叶子。看见没出来的，九娃姑姑拿棍子在她熟知的地方小心拨弄着，给松松土，好让它们一起茁壮成长；旁边稀疏的蹿出几棵草苗苗，姑姑不舍得伤害，一片荒凉的土地上，早春的绿色是奢侈的。暖炕很暖，雨还在下。红寺堡的春天带着雨意来了。

春日随笔

昨夜梦里回到了黑眼湾，站在瓦窑坡上远远看着阳山洼。草木没有发芽，漫山的桃花却在竞相开放，一片粉红的艳丽，心里的感动和欢喜满满地溢出来，只是桃花明明近在眼前，却又遥远得不可触摸。一时惊醒，窗外夜风依旧呜咽。

这几天一直有朋友问我为什么坚持写作。细想起来，似乎没有为什么，只是源于喜欢，或者说写字是一种慰藉和倾诉。而写出来的简单文字能得到那么多人的认可和赞同是我没有想到的。我并不认为自己写的是文学作品，故而从来不说那是写文章。虽然侥幸被发表一些，我仍然固执地称为写字。说到励志，面对大家的赞誉，我自觉惭愧，比起真正苦苦挣扎的人，我的故事不算太悲情，我只是坚持了自己喜欢的东西而已。而我是幸运的，那么多朋友的鼓励支持是我坚持的动力，我感谢他们。

遥想六年前在网络初次相识的一些少年，朝气蓬勃，才华横溢。他们对文字的喜爱不比我少，却因为生活中这样那样的原因不再书写。如今那几个少年仍旧还是我的好友，各个也都过着属于自己的生活，偶尔也会彼此道一声安好，只是于文字不知道还能拣拾起来多少。或许有一天我也会放弃文字不再书写，那么亲爱的朋友们，也请你们原谅我。不是我不喜欢文字了，而是我也有不得已的苦衷。无论何时，我都记得你们因为文字带给我的美好。

当我们眼里看到丑恶和黑暗的时候，其实美好和光明也存在于我们没看到的地方。心里有美好存在，一切都会美好起来。

我们村的“教授”

“教授”给我姑娘说着方言很重的“英国历史”（English），颇为自得地反复念着，希望姑娘跟他念。姑娘低头笑着，不肯附和。灯光照在他镜片很厚的近视眼镜上反射出亮晶晶的光芒。“教授”叹了口气，想当年，咱也是文艺青年，英语全班第二，作文都是老师给同学当范文读的。现在这些事情都不敢提了，嘴还没张开，这帮老粗就说你那么能咋没脱产，还是和我们一样捉铁锨把。唉，现在是没时间啊，你看看人这手都成啥了。这是两只和陈年松树皮一样的手，黝黑，裂着口子，掩藏在“教授”开边的袖口里，似乎也把他曾经的学问深深藏进了身体里。

“教授”是个绰号，也带着一点贬义和轻视。“教授”姓白，出生于上世纪六十年代，高中毕业。在那个知识匮乏的年代，“教授”这样的人应该是可以成为公务员的，但造化弄人，一波三折的变故让“教授”成了一个握铁锨把的农民。戴深度近视眼镜和咬文嚼字的他成了农民中的一个另类，时不时成为大家取笑的笑料。他就像鲁迅先生笔下那个落魄的“孔乙已”，竭力保持着自己文化人的身份。但这么多年过去，众人的嘲笑，批判愣是把他改造成了一个彻头彻尾的庄稼汉。咬文嚼字成了历史，逼急了的“教授”也会满嘴脏话，骂得嘲笑他的人落荒而逃。

知道我在期刊发表作品的事情之后，“教授”遇见我总会问，最近又发表没有？想当年，老哥也是文化人，等老哥啥时候闲了，也写文章投稿去，你看行吗？我总是说，你一定行的。但这么久过去，也没见“教授”写一个字！

家有牛千金

国家刚号召生二胎，我家的牛就积极响应，在年末生下了漂亮的小千金。

可从它出生，就没什么好天气。又起雾了，牛草是潮的，烧炕的柴火是潮的，牛圈是潮的，连心情也是潮的。牛千金从生下就没好好晒过太阳，皱着鼻子缩在母亲身边祈求温暖。这天气！多想看见它在阳光下扬起小蹄子撒欢啊。

初冬时天气总算好起来了。太阳暖暖的，没有一点风，炉火不用太旺，坐在阳光下，会让人生出懒散的情绪，压抑了好久的牛千金呼啸着奔出牛圈，吓得两只母鸡跳起来逃散，反倒惊到了它，折身又狂奔回去。可没一会儿，它又横冲直撞地跑了出来，在院子里踩出一连串蹄印后再回去。这小东西越来越调皮，每天都要上演几次惊险的狂欢。

我们以为它是个天不怕地不怕的千金。可我进去添草时，它却羞怯地躲在妈妈的身后，露出眼睛打量着我。我咳嗽了一下，它提防地弹了一下后蹄，我偷笑，故意再咳嗽一下，它又弹，再咳，它继续。我用妩媚来形容它，柔软的眼睑，长长的白睫毛，扑闪着的水汪汪的大眼睛，微微皱起的鼻子。我静静地蹲着看它的样子，它大着胆子凑到我面前，伸出鼻子来嗅我的手，粉色的舌头轻舔了一下，赶紧又缩回去了。

趁我不在的时候，它会偷偷溜出来看看牛棚外面的阳光，撒几个小欢，远远注视着看门狗虎虎，一脸迷茫。回头听见妈妈着急地呼喊，赶紧返回牛圈，依在妈妈身边，蹭着，拱着，好像做错事的孩子撒娇。

我家的牛千金，就这样一天天在调皮捣蛋中慢慢长大。

母亲和我

母亲今年七十岁了，一生端装贤淑，处事得体，颇有大家闺秀的风范，多年在家庭中树立起来的威信一直无人敢忤逆。

作为母亲最小的女儿，我并不是最受宠爱的。儿时的我太过调皮捣蛋，喜欢舞枪弄棒，今天随着男孩上山摘野果，明天自己爬上树梢掏鸟窝，不是求着哥哥用木头削把剑，就是自己动刀动斧头地做木头枪……没有一点女孩子的文静秀气，这与母亲要求的淑女形象差别太大。终于在多次教导无果的情况下被母亲狠揍了一顿，当时我不过四五岁。从那次我再也不敢随心所欲地野了，即便有什么不轨的想法也是背着母亲。

那次的狠揍让我一直觉得母亲是不喜欢我的，记忆里她老人家一直就没给过我什么好脸色，不是呵斥就是责骂。倒是对大我两岁的二姐一直和颜悦色，这让年少的我很沮丧，甚至在心里怨恨过母亲的严厉。这种情绪影响我很长时间，我不明白为什么母亲会如此对我。

转眼到了婚嫁的年龄，这次我又让母亲深深地失望，看见我再也没笑过。我无奈着，一度我去母亲家的第一反应是看母亲脸上的表情，如果母亲表情轻松我就会松口气，反之我就会遭到指责。

那天闲来无事就去母亲家看看，她在里屋坐着喊我进去，说是有事。我进去她递给我一把指甲刀让我给她剪剪脚趾甲，说自己眼睛看不太清楚。瞬间，我的眼泪在打转，这还是那个强势、对我横加指责的母亲吗？这几年母亲已经不再指责我了，她也无助到需要我来帮她剪趾甲，而我三十多岁了才是第一次和母亲有这样的亲密接触。

看到一句话，说爱之深，责之切。我突然间为自己以前怨恨过母亲而自责。是的，不是母亲不爱我，而是她太在意我。她不喜欢我重复她的生活，希望我过得比她好，可是我终究是让她失望，她才会有那么多的指责，我却始终未曾明白，糊涂了三十年之久。

那么，母亲，我现在明白算不算太晚？我不会当着你的面说出这些话，可我现在真的明白了，你始终是爱我的，而不是我所曲解的那样……

消失的露天锅灶

一个朋友一天问我："你们泾源人是不是有在露天盘锅灶做饭的传统和习惯？"我大呼冤枉，露天锅灶是泾源人移民红寺堡后衍生出的特殊产物，和传统、习惯扯不上任何关系。

想起初到红寺堡的时候，一片荒凉，每家分到的只有一块宅基地。变卖老家所有的家业也不过是在宅基地上盖了两间人住的房子。盘一方土炕，支一块案板，一些简易家具搬进去，屋子里已经没有地方可以盘锅灶了。冬天还好，可以在火炉上凑合，可一到夏天，室内温度高达三十多摄氏度，怎么做饭成了一件困难的事情。那时候在村民中间还没有流行开电磁炉、电炒锅。即使有，也是怕费电舍不得用。

有了困难就会有解决困难的方法。有人在室外墙角找个避风的地方随便盘个锅灶，先解决夏天吃饭的问题。大家一看这个方法不错，纷纷效仿。一时间乡亲们的院子里一家一个室外锅灶。几页红砖，一堆泥巴，谁都可以垒一个。沙蒿草、葵花秆子、玉米秸秆曾经是我们做饭用的主要柴火，那个丑陋的室外锅灶像个憨实、不挑剔吃食的大肚汉子，只要递进去柴火就能烧开水、做好饭。

可是这种锅灶也是有弊端的，做顿饭女人来回地小跑着，加了盐去拿醋，放下醋又找味精，一顿饭做好，女人们也跑得腿酸。遇到刮风下雨，锅灶就像耍脾气的小媳妇一样罢工了。

这种锅灶陪伴我们度过了搬迁红寺堡后最艰难的十来年时间，也让别人以为泾源人一直是这么做饭的。可但凡日子好点，谁愿意在露天地里做饭呢？如今，大家的生活安定下来，住房宽敞，日子渐渐富余，每家都有了新厨房。曾经我们赖以吃饭的室外锅灶永远退出了我们的生活，而曾经在这片土地上艰苦奋斗、生产生活的日子我们又怎能忘记？

随笔六则

一

喝了一杯茶，又一次失眠。自己是个不长记性的女人，夜晚因为茶无数次失眠过，但仍旧在劳累时不管不顾，想喝那杯茶如烟鬼见了烟。喝完神清气爽，失眠时才想起自己不该喝茶，可一切已经迟了。与人交往，自己也是这样的性格，比如受到别人的伤害，当时告诫自己下次不要再犯这样的错误，可过段时间又被别人重复着同样的伤害。一个好友骂我心太软，成不了大事。我笑着默认。无所谓，没记性的人好生活。

二

对于文字，我一直是懵懂的，骨子里有一种天然对文字的敏感，然而因为读书不多，眼光有限，总也没写出什么好句子来。我在心里一直想寻找一个人，一个打破我心里那些懵懂的人，一个可以诠释文字意义的人，一个能引导我明白什么是写作的人，一个可以给我指引方向的人。直到那一天，看见QQ上的3700字的回复，我一下子泪流满面，隔着屏幕哭得稀里哗啦。我的心在一瞬间找到一种归属感。那一刻，我感觉无比幸福。因为遇见你，我触摸到了文字的内涵，和你聊天，是一场精神的盛宴。

三

我是个有小情怀的女人，恋旧，敏感。下午包的韭菜饺子，看见群里几个姐妹聊天，忍不住发了一张图片过去，她们大笑。不知道什么时候，已经习惯这个群的存在，即使不说话，看着一帮真性情的朋友嬉闹，心里也是温暖的，我发了句“爱你们”。雪也跟着来一句“俺也爱你们”。

四

吃完饭，我和儿子喂牛羊，妞噘着嘴系起围裙帮我洗碗。我故意喊她，她气哄哄地不肯答应。儿子说：“你不愿意洗就算了，干吗不吱声？”妞大怒：“要你管，你看你讨厌不，不去喂你的牛羊，你管我咋洗，我是帮妈妈，又不是给你洗……”我和儿子抬了一通水赶紧奔向牛圈，不然这妞的伶牙俐齿实在无法招架。我们喂完牛羊，她已经洗完了，我赶紧把泔水桶讨好地拎给她：“看，我把桶都给你提来了。”她端起锅里的水倒进去，忍不住又笑开了。这就是我家的妞，吃软不吃硬。

五

傍晚，坐在沙发上和儿子看电视。儿子白天嚷他洗澡、换衣服时关门闭窗，严令我不许偷窥他：人家是爷们。此刻却挤进我怀里让我抱着，身上一股洗发水的清香。我笑着把手塞进衣服里抚着他的背，不算太瘦，我故意拍出“叭叭”的声响，他还是赖着不走；再拍，他直接搂着我脖子，把脸贴到我脸上撒娇。我忍不住大笑：“哎，好歹是爷们，能不能有点距离？”他用脑袋蹭了蹭我的脸：“爷们也是小爷们嘛，人家又没有成年。”娘俩就这样赖着看《新大头儿子和小头爸爸》。

六

生活中不光有快乐，烦恼也一样如影随形。但是很多时候我都在回避烦恼，人生就那么长，我们把三分之一的时间用来烦恼，再用笔去书写烦恼，是不是挺没劲？今天一个姐姐提出人为什么活着的问题。我想，人活着，可能就是活下去，坚持活下去……

街角一瞥

应朋友邀请去银川小聚。下车以后，朋友还没有到，我就随便在车站附近转了转。

车站附近各种各样谋生活的小摊，卖煎饼的、卖烧烤的、卖小饰品的一个挨着一个。最让我注目的是一个卖葫芦丝的女人，皮肤黝黑，目光深邃，一脸岁月侵蚀的沧桑悲苦。她端坐在一个椅子上专注地吹着葫芦丝，以此来招揽顾客。不知道她吹的是什么曲子，好像云南那里的小调吧。她吹完一遍，稍微停顿一下，又接着吹。葫芦丝吹奏起来本身就具有一种悲凉的气息。此刻已是下午，太阳早照不到她待的地方，冷风也跟着凑热闹，吹乱了她额前的头发，让这曲调更显悲凉。我看了许久都没有人光顾她的生意。她的小曲很快被湮没在人来人往的喧嚣中，可她还是在冷风中坚守，投入地吹奏着。

车站入口处跪着一个上了年纪的乞丐，打扮得干净利落，还不忘在膝下垫一个海绵垫子，用一件旧棉袄裹着膝盖。这装备，再冷的天也不会影响她长跪不起。她的“生意”可比卖葫芦丝的那个女人好多了,不时有旅人把零钱放到她面前,而她一副“中年丧夫，老年丧子”的哀伤神情，心安理得地捡起别人施舍的零钱，整齐一沓攥在手里，以此证明施舍的人很多，她是值得同情的。

这时，远处走来一对老人，两个人衣服穿得极不协调，还脏兮兮的，脸上抹着左一道右一道的污黑。老头瘦得皮包骨头，佝偻着腰，顶着一个罗锅，手几乎挨到了地上。老太太又高又胖，眼睛却只有一条缝，似乎看不见。老太太用右手攀着老头的罗锅，左手提着一个鼓鼓囊囊的编织袋。比起那个女乞丐，这两个老人的形象和条件更符合乞丐的标准，但是很奇怪，这两个老人只是老头用罗锅牵着老太太行走,并不乞讨。

我奇怪这两个老人是干吗的，一直注视着，却见老头牵着老太太走向了车站广场的垃圾桶。老头拉着老太太的手伸向垃圾桶后闪到一边看着，老太太开始在垃圾桶里摸索起来。一会儿从里面摸出了一个饮料瓶，老头赶紧撑开编织袋接着。两个人会心地一笑，那表情好像摸出的不是一个饮料瓶，而是一块金子。摸完了这个垃圾桶，老头继续让老太太攀着他的罗锅，走向下一个垃圾桶。

看着他们远去的背影，我的鼻子酸酸的。

婆婆来了

阿喜烦恼着。丈夫刘七低声下气地和她商量了好几天，刘七的弟弟打电话来说母亲眼睛看不见了，想让刘七接去住些日子，可过不了阿喜这关，刘七是万万不敢答应的。

刘七这几天表现得近乎卑微，阿喜要脚不敢给手，只为了讨好阿喜，让她同意母亲进家门，阿喜被讨好得心一软，终于点头同意。就这样，婆婆来了！

可婆婆一进门阿喜就开始后悔。首先是吃饭问题，往常买一袋面一家人可以吃一个月，现在添了婆婆只能吃二十天。再者婆婆眼睛看不见，摸出门就随地大小便，招得苍蝇满门飞，而且那个气味更是让人窒息。更可恶的是，她居然敢在阿喜不在的时候教唆刘七，让他应该怎么样管教自己的老婆，还说阿喜在他不在的时候虐待她……小女儿偷着告诉阿喜这些的时候，看见婆婆坐在炕上要吃要喝的样子，阿喜心里像吞了一只苍蝇一样……

阿喜心情不好，这个家谁都别想好过，一时间鸡飞狗跳，锅碗瓢盆作响，三个孩子也像后娘养得了，刘七更是脸色阴晴不定地猜测着……终于因为一只打碎的杯子，阿喜和刘七大打出手。当然，刘七是不敢打阿喜的，阿喜充分发挥女人的优势，刘七的脸被抓烂了，衣服扣子被扯得没有了踪影，头发都被揪下来几根，一副狼狈不堪的样子。急得瞎眼的婆婆在门口大声叫嚷却无能为力，只能一个劲儿地抹眼泪。

打完架，阿喜心里稍微舒服了一下，可连续三天她都没进厨房，刘七无奈只好自己下厨做饭，又是伺候老妈，又是给老婆低声下气，一时之间人都瘦了不少，背地里更是唉声叹气，心里窝火没地方说。可阿喜心里比他还窝火：这婆婆来了，怎么就这么多的事儿？